U0754710

全频带
阻塞干扰

刘慈欣 等◎著

北方联合出版传媒(集团)股份有限公司
万卷出版有限责任公司

图书在版编目（CIP）数据

全频带阻塞干扰 / 刘慈欣等著 . -- 沈阳 : 万卷出
版有限责任公司 , 2022.7（2025.1 重印）
ISBN 978-7-5470-5961-6

Ⅰ . ①全… Ⅱ . ①刘… Ⅲ . ①幻想小说 – 小说集 – 中
国 – 当代 Ⅳ . ① I247.7

中国版本图书馆 CIP 数据核字（2022）第 063231 号

出 品 人：王维良
出版发行：北方联合出版传媒（集团）股份有限公司
　　　　　万卷出版有限责任公司
　　　　　（地址：沈阳市和平区十一纬路 29 号　邮编：110003）
印 刷 者：三河市九洲财鑫印刷有限公司
经 销 者：全国新华书店
幅面尺寸：145 mm×210 mm
字　　数：240 千字
印　　张：8.625
出版时间：2022 年 7 月第 1 版
印刷时间：2025 年 1 月第 6 次印刷
责任编辑：王　越
责任校对：张　莹
装帧设计：平　平
ISBN 978-7-5470-5961-6
定　　价：48.00 元
联系电话：024-23284090
传　　真：024-23284448

目录

全频带阻塞干扰 / 刘慈欣

俄美大战假想

以深深的敬意献给俄罗斯人民，他们的文学影响了我的一生。

——刘慈欣

在战场电磁干扰形式的选择上，本手册主张采用对某一特定频率或信道所进行的瞄准式干扰，而不主张采用同时干扰一个较宽频带的阻塞式干扰，因为后者对己方的电磁通信和电子支援措施也会产生影响。

——摘自 1993 年美国陆军《电子战手册》

1月5日，斯摩棱斯克前线

失陷的城市已经看不见了，战线在一夜之间后退了四十千米。

在凌晨的天光下，雪原呈现出寒冷的暗蓝色。在远方的各个方向上，被击中的目标冒出的一道道黑色的烟柱，笔直地向高空升去，好像是连接天地的一条条细长的黑纱。顺着烟柱向上看，卡琳娜吃了一惊——刚刚露出晨光的天空被一团巨大的白色乱麻充斥着，这纷乱的白色线条仿佛是一个精神错乱的巨人疯狂地画在天上的。那是歼击机的混乱尾迹，是俄罗斯空军和北约空军为争夺制空权所进行的一夜激战之后留下的。

来自空中和远方的精确打击也持续了一夜。在非专业人士看来，打击似乎并不密集，爆炸声每隔几秒钟甚至几分钟才响一次。但卡琳娜知道，每一次爆炸都意味着一个重要目标被击中，几乎不会打空。这一声声爆炸，仿佛是昨夜这篇黑色文章中的一个个闪光的标点符号。凌晨到来时，卡琳娜不知道防线还剩下多少力量，甚至不知道防线是否存在，似乎整个世界上只有她一人在抵抗。

卡琳娜少校所在的电子对抗排是在半夜被摧毁的，当时这个排所在的位置落下了六颗激光制导炸弹。卡琳娜所乘的那辆装载干扰机的 BMP-2 装甲车还在燃烧。这个排的其他电子战车辆现在都变成散落在周围雪地上的一堆堆黑色金属块。卡琳娜所在弹坑中的余热正在散去，她感到了寒冷。她用手撑着坐直，右手触到了一团黏糊糊的冰冷绵软的东西，看上去像一个沾满了黑色弹灰的泥团。她突然意识到那是一块残肉。她不知道它属于身体的哪一部分，更不知道属于哪个人。在昨夜的那次致命打击中，阵亡了一名中尉、两名少尉和八名士兵。卡琳娜呕吐起来，但除了酸水什么也没吐出来。她拼命把双手在雪里擦，想把手上的血迹擦掉，但黑红色的血在寒冷中很快在手上凝固，依然那么醒目。

令人窒息的死寂已持续了半个小时，这意味着新一轮的地面进攻就要开始了。卡琳娜拧大了别在左肩上的对讲机的音量，但传出的只有沙沙的噪音。突然，几句模糊的话语传了出来，仿佛是大雾中掠过的几只鸟儿。

"06 观察站报告：1437 阵地正面，M1A2 坦克三十七辆，平均间隔六十米；'布莱德雷'运兵车四十一辆，距 M1A2 坦克攻击前锋五百米；M1A2 坦克二十四辆，'勒克莱尔'八辆，正在向 1633 阵地侧翼迂回，已越过同 1437 的接合部。1437，1633，1752，准备接敌！"

卡琳娜克制住因寒冷和恐惧引起的颤抖，使地平线在望远镜视野中稳定下来。她看到天边出现了一团团模糊的雪雾，给地平线镶上了一道毛茸茸的边儿。

这时，卡琳娜听到了身后传来发动机的轰鸣，一排 T90 式坦克越过她的位置冲向敌人，在后面，更多的俄罗斯坦克正在越过高速公路的路基。卡琳娜又听到了另一种轰鸣，敌人的攻击直升机群在前方的天空中出现，它们队形整齐，在黎明惨白的天空中形成一片黑色的点阵。卡琳娜周围坦克的发烟管启动了，随着一阵低沉的爆破声，阵地陷入一团白色的烟雾中。透过白雾的缝隙，她看到俄罗斯的直升机群正从头顶掠过。

坦克上的125毫米口径炮疾风迅雨般地响了起来，白雾变成了疯狂闪烁的粉红色光幕。几乎与此同时，敌人的第一批炮弹落了下来，白雾中，粉红色的光芒被爆炸产生的刺眼蓝白色闪电所代替。卡琳娜伏在弹坑底部，感到身下的大地在密集的巨响中像一面震动的鼓皮，身边的泥土和小石块被震得飞起老高，落满了她的后背。在这爆炸声中，还可隐约听到反坦克导弹发射时的嘶鸣。卡琳娜感到整个宇宙都在这撕人心肺的巨响中化为碎片，向无限深处坠落……就在她的神经几乎崩溃时，这场坦克战结束了，它只持续了约三十秒钟。

当白雾和浓烟散去时，卡琳娜看到面前的雪地上散布着被击中的俄罗斯坦克，燃起一堆堆裹着黑烟的熊熊大火。她举目望去，远方同样有一大片被击毁的北约坦克，看上去只是雪原上一个个冒出浓烟的黑点。但更多的敌军坦克正越过那一片残骸冲来，裹在由履带搅起的一团团雪雾中。"艾布拉姆斯"那凶猛的扁宽前部不时从雪雾中露出来，仿佛是一头头从海浪中冲出的恶龟，滑膛炮炮口的闪光不时亮起，好像恶龟闪亮的眼睛……低空中，直升机的混战仍在继续，卡琳娜看到一架"阿帕奇"在不远的半空中爆炸，一架米-28拖着漏出的燃料，摇晃着掠过她的头顶，在几十米之外坠地，炸成了一团火球。近距空空导弹的尾迹，在低空拉出了无数条平行的白线……

卡琳娜听到"咣"的一声，转身一看，不远处一辆被击中后冒出浓烟的T90后部的底门打开了，没看到人出来，只见门下方垂着一只手。卡琳娜从弹坑中跃出，冲到那辆坦克后面，抓住那只手向外拉。

车内响起一声沉闷的爆炸，一股灼热的气浪将卡琳娜向后弹出了几步远。她的手中抓着一团黏软的很烫的东西，那是从坦克手的手上拉下的一团烧熟的皮肤。卡琳娜抬头看到一股火焰从底门中喷出。车内已成了一座小型的炼狱。在那暗红色的透明火焰中，阵亡坦克手的身影清晰可见，像在水中一样波动着。

卡琳娜又听到两声尖啸。这时，她左前方的一个导弹班把最后两枚反坦克导弹发射出去，其中一枚有线制导的"赛格"导弹成功地击毁了一辆"艾布拉姆斯"，另一枚无线制导的导弹则被干扰，向斜上方冲去，失去了目标。导弹班的六个人撤出掩体，向卡琳娜所在的弹坑跑来。一架"科曼奇"直升机向他们俯冲下来，那棱角分明的机体看上去像一只凶猛的鳄鱼。一长排机枪子弹打在雪地上，击起的雪和土如同一道突然立起又很快倒下的栅栏。这栅栏从那支小小的队伍中穿过，击倒了其中四人，只有一名中尉和一名士兵到达了弹坑。

这时，卡琳娜才注意那名中尉戴着坦克防震帽，可能来自一辆已被击毁的坦克。他们每人手中都拿着一管反坦克火箭筒。跳进弹坑后，中尉首先向距他们最近的一辆敌坦克射击，击中了那辆 M1A2 的正面，诱发了它的反应装甲，火箭弹和反应装甲的爆炸声混在一起，听起来很怪异。坦克冲出了爆炸的烟雾，反应装甲的残片挂在它前面，像一件破烂的衣衫。那名年轻的士兵继续对着它瞄准，手中的火箭筒随着坦克的起伏而抖动，一直没有击发。当距他们只有四五十米的坦克冲进一个洼地时，那名士兵只能站到弹坑边缘向斜下方瞄准。他手中的火箭筒与那辆"艾布拉姆斯"的 120 毫米口径炮同时响起。

坦克的炮手情急之中发射的是一发不会爆炸的贫铀穿甲弹。初速每秒八百米的炮弹击中了那个士兵，把他的上半身打成了一团飞溅的血花！卡琳娜感觉到细碎的血肉有力地打在她的钢盔上，噼啪作响。

她睁开眼睛，看到就在她眼前的弹坑边缘，那名士兵的两条腿如同两根黑色的树桩，无声地滚落到弹坑底部——她的脚下。他那被粉碎的身体的其他部分，在雪地上溅出了一大片放射状的红色斑点。火箭击中了"艾布拉姆斯"，聚能爆炸的热流切穿了它的装甲，车体冒出了浓烟。但那个钢铁怪兽仍拖着浓烟向他们冲来，直冲到距他们二十米左右才在车体内的一声爆炸中停了下来，那声爆炸把它炮塔的顶盖高高掀飞。

紧接着，北约的坦克阵线从他们周围通过，地皮在履带沉重的撞击下微微颤抖。但这些坦克对他们俩所在的弹坑未加理会。当第一拨坦克冲过去后，中尉一把拉住卡琳娜的手，拽着她跃出弹坑，来到一辆已布满弹痕的吉普车旁。在二百多米处，第二道装甲攻击波正快速冲过来。

"躺下装死！"中尉说。卡琳娜于是躺到了吉普车的轮子边，闭上双眼，"睁开眼更像！"中尉又说，并在她脸上抹了一把不知是谁的血。他也躺下，与卡琳娜呈直角，头紧挨着卡琳娜的头。他的钢盔滚到了一边，粗硬的头发扎着卡琳娜的太阳穴。卡琳娜大睁着双眼，看着几乎被浓烟吞没的天空。

两三分钟后，一辆半履带式"布莱德雷"运兵车在距他们十几米处停下来，从车上跳下几名身穿蓝白相间雪地迷彩服的美军士兵。他们中大部分人平端着枪呈散兵线向前去了，只有一个朝这辆吉普车走来。卡琳娜看到两只沾满雪尘的伞兵靴踏到了紧靠她脸的地方。插在伞兵靴上的匕首刀柄上，八十二空降师的标识清晰可辨——一匹帕加索斯飞马。那个美国人俯身看她，他们的目光相遇了。对着那双透出惊愕的蓝色瞳仁，卡琳娜尽最大努力使自己的目光呆滞无神。

"Oh, God!"

卡琳娜听到了一声惊叹，不知是惊叹这名肩上有一颗校星的姑娘的美丽，还是她那满脸血污的惨相，也许两者都有。他接着伸手解她领口的衣扣。卡琳娜浑身起了鸡皮疙瘩，手向腰间的手枪移动了几厘米，但这个美国人只是扯下了她脖子上的识别牌。

　　他们等的时间比预想的长。敌人的坦克和装甲车源源不断地从他们俩身边轰鸣着驶过，卡琳娜感到自己的身体在雪地上都快冻僵了。她这时竟想起了某首军旅诗歌中的一句，那首诗是她在一本记述马特洛索夫事迹的旧书上读到的："士兵躺在雪地上，就像躺在天鹅绒上一样。"她得到博士学位的那天，曾把这句诗写到日记上。那也是一个雪夜，她站在莫斯科大学科学之宫顶层的窗前。那夜的雪也真像天鹅绒，雪雾中，首都的万家灯火时隐时现。第二天，她就报名参军了。

　　这时，一辆敌方吉普车在距他们不远处停了下来，三名北约军官在车上抽着雪茄聊天。卡琳娜和中尉的周围空旷起来，他们跳上己方吉普车，中尉把车发动，沿着早已看好的路飞快驶去。他们身后响起了冲锋枪的射击声，子弹从头顶飞过，其中一颗打碎了后视镜。吉普车迅急拐进了一个燃烧着的居民点，敌人没有追来。

　　"少校，你是博士，对吗？"中尉开着车问。

　　"你在哪儿认识的我？"

　　"我见过你和列夫森科元帅的儿子在一起。"

　　沉默了一会儿后，中尉又说："现在，他的儿子可是世界上离战争最远的人了。"

　　"你这话什么意思，你要知道……"

　　"没什么意思，说说而已。"中尉淡淡地说。他们的心思都不在这个话题上，他们都在想着还抱有的那一线希望——

但愿整个战线只有这一处被突破。

1月5日，近日轨道，"万年风雪号"

米沙感受到了一个人独居一座城市的孤独。

"万年风雪号"太空组合体确实有一座小城市那么大，体积相当于两艘巨型航空母舰，可容纳五千人同时在太空中生活。当组合体处于旋转重力状态时，里面甚至有一个游泳池和一条小河，这在当今的太空工作环境中，可以说是绝无仅有的奢侈。但事实是，"万年风雪号"是自"和平号"以来俄罗斯航天界一贯的节俭思维的产物。它的设计思想是：赋予一个构造拥有在太阳系内进行太空探索的所有功能。虽一次性投资巨大，但从长远看还是十分经济的。

"万年风雪号"被西方戏称为"太空的瑞士军刀"，它可作为空间站在地球各个高度的轨道上运行，还可以方便地移动到绕月轨道上，或作行星际探索飞行。"万年风雪号"已去过金星和火星，并探测过小行星带。看它那巨大的体积，等同于把一个研究院搬到了太空中。就太空科学研究而言，它比西方那些数量众多但小巧玲珑的飞船具有更大的优势。

当"万年风雪号"准备开始前往木星进行为期三年的航行时，战争爆发了。它上面的一百多名乘员几乎全都返回了地面——他们大部分是空军军官——只留下了米沙一个人。这时，"万年风雪号"暴露出它的一个缺陷：它目标太大，且没有任何防御能力。没有预见到后来太空军事化的进程，是设计者的一个失误。战争爆发后，"万年风雪号"只能进行躲避飞行。去外太空是不行的。在木星轨道之内，有大量的北约无人航行器，它们都体积不大，武装或非武装，每一个对"万年风雪号"都是致命的威胁。于是，它只有驶向近日空间。"万年风雪号"引以为傲的主动制冷式热屏蔽系统，使它可以比目前人类的任何太空航行器都更接近太阳。现在，"万年风雪号"已到达水星轨道，距太阳五千万千米，距地球一亿千米。

虽然"万年风雪号"上的大部分舱室已经关闭，但留给米沙的空间仍大得惊人。透过广阔的透明穹顶，比从地球上看去大三倍的太阳发出耀眼的光芒。太阳表面的耀斑和紫色日冕中绮丽的日珥清晰可见。有时，他甚至还可以看到光球表面因对流而产生的米粒组织。这里的宁静是虚假的。飞船外面，太阳抛出的粒子流和射电波的狂风巨浪在呼啸，"万年风雪号"就是这动荡海洋中漂浮的一粒小小的种子。

一束细如游丝的电波把米沙同地球连接起来，也把那遥远世界的忧虑带给了他。他刚刚得知，莫斯科近郊的控制中心已被巡航导弹摧毁，对"万年风雪号"的控制转由设在古比雪夫的第二控制中心执行。他每隔五个小时会接收一份从地球传来的战争新闻，每到这时，他就会想起父亲。

1月5日，俄罗斯军队总参谋部

米哈伊尔·谢米扬诺维奇·列夫森科元帅觉得自己面对着的是一堵墙，实际上，他面前是一幅平铺的莫斯科战区全息战场地图。以前，当他面对挂在墙上的宽大纸制地图时，总是能看到广阔而深邃的空间。不管怎样，他还是喜欢传统的地图。记不清有多少次，要找的位置在地图的最下方，他和参谋们只好趴在地上看。现在想起来，他不禁微微一笑。他又想起多次演习前，在野战帐篷中，自己总会用透明胶带把刚发下来的作战地图拼贴起来，他经常贴不好，倒是第一次随他看演习的儿子一上手就贴好了……发现自己又想起儿子，他警觉地打住了思绪。

作战室中只有他和西部集群司令俩人，后者一根接一根地抽着烟，他们凝神盯着全息地图上方变幻的烟团，仿佛那就是严峻的战局。

西部集群司令说："北约在斯摩棱斯克一线的兵力已达七十五个师，攻击正面有一百千米宽，已多处突破。"

"东线呢？"列夫森科元帅问。

"第十一集团军的大部都倒向右翼联盟了，这您是知道的。右翼联盟的军队已达二十四个师，但他们对雅罗斯拉夫尔的攻击仍然是试探性的。"

地面的一次爆炸将微微的震动传了下来，作战室里充满了随着顶板上的挂灯而轻轻摇晃的暗影。

"现在，已有人谈论退守莫斯科，凭借城市外围建筑和工事进行巷战了，像七十多年前一样。"

"胡说八道！我们一旦从西线收缩，北约就可能从北部迂回，在加里宁同右翼军队会合，莫斯科将不战自乱。下步作战方针，第一是反击，第二是反击，第三还是反击。"

西部集群司令叹了一口气，无言地看着地图。

列夫森科元帅接着说："我知道西线力量不够，准备从东线抽调一个集团军加强西线。"

"什么？现在雅罗斯拉夫尔的防守已经很难了。"

列夫森科元帅笑了笑，"现在相当多的指挥官只从军事角度考虑问题，严峻的形势让我们钻进去出不来了。从目前的态势看，你认为右翼联盟的军队没有力量攻下雅罗斯拉夫尔吗？"

"我认为不是，像第十四集团军这样的精锐部队，集中了如此密集的装甲和低空攻击力量，在没有遭受太大损失的情况下，一天的推进还不到十五千米，显然是有意放慢的。"

"这就对了。他们在观望，在观望西线战局！如果我们在西线夺回战场主动权，他们就会继续观望下去，甚至有可能在东线单方面停火。"

西部集群司令把刚拿出的一根烟夹在手上，忘了点火。

"东线的几个集团军的叛变确实是在我们背后捅了一刀，但一些指挥官在心理上把这当作借口，使我们的作战方针趋向消极。这种心态必须转变！当然，应当承认，要从根本上扭转战局，莫斯科战区的力量不够，我们的最终希望寄托在增援的高加索集群和乌拉尔集群上。"

"较近的高加索集群要完成集结并进入出击位置，最少也需一个星期。考虑到争夺制空权的因素，时间可能还要长。"

1月5日，莫斯科

卡琳娜和中尉的吉普车开进城时已是下午3点多，空袭警报刚刚响过，街上空荡荡的。

中尉长叹了一口气说："少校，我真想念我那辆T90啊！四年前从装甲学院毕业的时候，我正失恋，可刚到部队的我一看到那辆坦克，心情一下子由阴转晴了。我摸着它的装甲，光溜溜、温乎乎的，像摸着女孩子的手。嗨，女孩儿算什么，这才是男人真正的伴侣！可今天早上，它中了一颗'西北风'。唉，可能现在火还没灭呢……"

这时，城市西北方向传来密集的爆炸声。这是现代空袭中很少见的野蛮的地毯式轰炸。

中尉仍沉浸在早上的战斗中，"唉，不到三十秒钟，整整一个坦克营就完了。"

"敌人的伤亡也很大。"卡琳娜说，"我注意观察了战果，双方被击毁的装甲的数量相差并不大。"

"敌我坦克的对毁率大约一比一点二吧！直升机差一些，但也不会超过一比一点四。"

"尽管如此，战场的主动权仍在我们一边——我们在数量上占很大优势，仗怎么会打成这样呢？"

中尉扭头看了卡琳娜一眼："你是搞电子战的，还不明白为什么？你们的那套玩意儿，什么第五代 C3I，什么三维战场显示，还有动态态势模拟、攻击方案优化之类的，在演习中很像那么回事，可一到实战中，我面前的液晶屏上最常显示的就两句：COMMUNICATION ERROR 和 COULD NOT LOG IN。就说今天早上吧，我对正面和两翼的情况完全不清楚，只接到一个命令：接敌。唉……假如再投入一半的增援兵力，敌人就不会在我们的位置突破。整个战线的情况，大都如此。"

卡琳娜知道，在刚刚过去的战斗中，双方在整个战线上投入的坦克总数可能超过一万辆，还有数目相当于坦克一半的武装直升机。

说话间，他们的车驶入了阿尔巴特街，昔日的步行街现在空空荡荡，古玩店和艺术品商店的门前堆着充作工事的沙袋。

"我的那辆钢铁情人不亏本儿。"中尉仍沉浸在早上的战斗中不可自拔，"我肯定打中了一辆'挑战者'，但我最想打中的是一辆'艾布拉姆斯'，知道吗？一辆'艾布拉姆斯'……"

卡琳娜指着一家古玩店的门口说："那儿，我爷爷就死在那儿。"

"可这里好像没有遭到空袭。"

"我说的是二十年前的事了，那时我才四岁。那个冬天真冷啊！暖气停了，房间里结了冰，我只好抱着电视机取暖，听着总统在我怀中向俄罗斯人许诺一个温暖的冬天。我哭着喊冷，喊饿，爷爷默默地看着我，终于下了决心，拿出他珍藏的勋章，带着我走了出去，来到这条街。那时这儿是自由市场，从伏特加到政治观点，人们什么都卖。一个美国人看上了爷爷的勋章，但只肯出四十美元。他说：'红旗勋章和红星勋章都不值钱的，但如果有赫梅利尼茨基勋章，我肯出一百美元；光荣勋章，一百五十；纳希莫夫勋章，二百；乌沙科夫勋章，二百五十；最值钱的胜利勋章你当然不可能有，那只授给元帅，但苏沃洛夫勋章也值钱，我可以出四百五十美元……'爷爷默默地走开了。我们沿着寒风中的阿尔巴特街走啊走，后来爷爷走不动了，天也快黑了，他无力地坐到那家古玩店的台阶上，让我先回家。第二天人们发现他冻死在那里，一只手伸进怀中，握着他用鲜血换来的勋章，睁大双眼看着这个他在七十多年前从古德里安的坦克群下拯救的城市……"

1月5日，俄罗斯军队总参谋部

这是一个星期以来，列夫森科元帅第一次走出了地下作战室，踏着厚厚的白雪散步，同时寻找着太阳。这时，太阳已在挂满雪的松林后面落了一半儿。在元帅的想象中，有一个小黑点正在夕阳那橘红色的表面缓缓移动。那是"万年风雪号"，元帅的儿子在上面。他是这个星球上离父亲最远的儿子了。

这件事在国内引起了许多流言蜚语，在国际上，敌人更是大肆炒作。《纽约时报》用大得吓人的黑体字登出了一个标题:《战争史上逃得最远的逃兵!》。下面是米沙的照片，照片的注脚是: 在俄国政府煽动三亿俄罗斯人用鲜血淹没入侵者时，他们最高军事统帅的儿子却乘着这个国家唯一一艘巨型飞船，逃到了距战场一亿千米的地方。他是目前这个国家最安全的人了。

但列夫森科元帅问心无愧。从中学到博士后，米沙周围几乎没有人知道他的父亲是谁。航天控制中心作出这个决定，仅仅是因为米沙的研究专业是恒星数学模型。"万年风雪号"这次接近太阳，对他的研究是一次难得的机会，而组合体不能完全遥控飞行，上面至少应有一个人。总指挥也是后来从西方的新闻中才得知米沙的身份的。

另一方面，不管列夫森科元帅是否承认，在他的内心深处，确实希望儿子远离战争。这并不仅仅是出于血肉之情。列夫森科元帅总觉得自己的儿子不属于战争。是的，他是世界上最不属于战争的人了。但他又知道自己这想法有问题：谁是属于战争的？

况且，米沙就属于恒星吗？他喜欢恒星，把全部生命投入到对它的研究上面。但他自己却是恒星的反面，他更像冥王星，像那颗寂静、寒冷的矮行星，孤独地运行在尘世之光照不到的遥远空间。米沙的性格，加上他那白皙清秀的外表，使人很容易觉得他是个女孩子。但列夫森科元帅心里清楚，儿子从本质上一点不像女孩儿——女孩儿都怕孤独，但米沙喜欢孤独。孤独是他的营养，他的空气。

米沙是在东德出生的。儿子的生日对元帅来说是一生中最暗淡的一天。那天傍晚，还是少校的他，在西柏林蒂加尔登苏军烈士墓前，同部下一起为烈士们站四十多年来的最后一班岗。他的前面，是一群满脸笑容的西方军官，和几个牵连着狼狗来换防的吊儿郎当的德国警察，还有那些高呼"红军滚出去"的光头新纳粹。他的身后，是大尉连长和士兵们含泪的眼睛。他控制不住自己，只好也让泪水模糊了这一切。天黑后，回到已搬空的营地，在这回国前的最后一夜，他得知米沙出生了，但妻子因难产而死……回国后日子也很难。同从欧洲撤回的四十万军人和十二万文职人员一样，他没有住房，和米沙住在一间冬冷夏热的临时铁皮屋里。他昔日的战友为了生活什么都干，有的向黑社会出售武器，有的甚至到夜总会跳脱衣舞。但他一直像军人一样正直地生活着，米沙也在艰辛中默默地长大。同别的孩子不同，他似乎天生就会忍受，因为他有自己的世界。

早在上小学的时候，米沙每天都在自己的小房间里静静地一人度过整晚。元帅起初以为他在看书，但有一次，他无意中发现，儿子是站在窗前一动不动地看着星星。

"爸爸，我喜欢星星。我要看一辈子星星。"他这样对父亲说。

十一岁生日那天，米沙首次向父亲提出了一个要求：想要一架天文望远镜。这之前，他一直用列夫森科元帅的军用望远镜观察星星。后来，那架天文望远镜就成了米沙唯一的伴侣。他在阳台上看星星可以一直看到东方发白。有那么不多的几次，他们父子俩一起在阳台上看星星，元帅总是把望远镜对准夜空中看起来最亮的一颗星，但儿子不以为然地摇摇头，"那颗没意思，爸爸。那是金星，金星是行星，我只喜欢恒星。"

但对其他男孩子喜欢的东西，米沙却一点儿兴趣都没有。隔壁空降兵参谋长家的那个小胖子，偷拿父亲的手枪玩，结果走火把大腿打穿了。参谋部将军们的那些男孩子，如果能被爸爸领到部队的靶场上打一次枪，就算是最高的奖赏了。但男孩子对武器的这种天生的迷恋，在米沙身上丝毫没有出现。从这点来说，他确实不像男孩子。元帅对此很不安，他几乎无法容忍自己的儿子对武器无动于衷，以至于后来做出了一件至今想起来仍让他很不好意思的事。有一次，他把自己的那支马卡洛夫式手枪悄悄放到了儿子的书桌上。放学回来后不久，米沙就拿着枪从他的小房间中走了出来——他像女人那样，小心地握着枪管——把枪轻轻地放到父亲面前，淡淡地说："爸，以后别把这东西乱放。"

在米沙的前途问题上，元帅是一个开明的人。他不像周围的那些将军，一心让儿子甚至女儿延续自己的军旅生涯。但米沙离父亲的事业确实太远太远了。

列夫森科元帅不是一个脾气暴躁的人，但作为全军统帅，他不止一次在上万名官兵面前斥责一位将军。但对米沙，他却从来没有发过火。这固然因为米沙一直默默地沿着自己的轨道成长，很少让父亲操心，更重要的是，米沙身上似乎生来就有一种非同寻常的超脱的气质，这气质有时甚至让列夫森科元帅感到有些敬畏。就如同他在花盆中随意埋下一颗种子，却长出了绝世珍稀的植物。他敬畏地看着这植物一天天成长，小心地呵护着它，等着它开出花朵。他的期望没有落空，儿子现在已成为世界上最出色的天体物理学家。

这时，太阳已在松林后面完全落下，地上的雪由白色变成浅蓝色。列夫森科元帅收回了思绪，回到地下作战室。开作战会议的人都到齐了，包括西部集群和高加索集群的主要指挥官。

另外还有电子战指挥官，从少将到上尉都有，大部分是刚从前线回来的。作战室里正在进行一场激烈的争论，争论的双方是西部集群的陆战部队和电子战部队的军官们。

"我们正确判明了敌人主攻方向的转变。"塔曼摩的费列托夫师长说，"我们的装甲力量和陆航低空攻击力量的机动性也并不差，但通信系统被干扰得一塌糊涂，C3I 指挥系统几近瘫痪！集团军中的电子战单位，级别从营升到了团，从团又升到了师，这两年在这上面的资金投入比常规装备的投入都多，就这么个结果？！"

负责指挥战区电子战的一位中将看了身边的卡琳娜一眼。同其他刚从前线归来的军官一样，她的迷彩服上满是污渍和焦痕，脸上还残留着血迹。中将说："卡琳娜少校在电子战研究方面很有造诣，同时也是总参派往前线的电子战观察员，她的看法可能更有说服力一些。"像卡琳娜这样的年轻博士军官大多心直口快，无所顾忌，往往被人当枪使，这次也不例外。

卡琳娜站起来说："上校，话不能这么说！比起北约，我们这些年对 C3I 的投入微不足道。"

"那电子反制呢？"师长问，"敌人能干扰我们，你们就不能干扰他们？！我们的 C3I 瘫痪了，北约的却运转得很好，像上了润滑油似的。今天早上我对面的陆战一师能那么快速地转变攻击方向就是证明！"

卡琳娜苦笑了一下："提起对敌干扰，费利托夫上校，不要忘了，就是在你们师的阵地上，你的人用枪顶着操作员的脑袋，逼停了集团军电子对抗部队的干扰机！"

"怎么回事？"列夫森科元帅问。这时，人们才发现他进来了，纷纷起身敬礼。

"是这样，"师长对元帅解释说，"对我们的通信指挥系统来说，他们的干扰比北约的更厉害！在北约的干扰中，我们还能维持一定的无线通信，可他们的干扰机一开，就把我们全盖住了！"

卡琳娜说："可同时敌人也全被盖住了！这是我军目前实施电子反制可选择的唯一战略。北约目前在战场通信中，已广泛采用诸如跳频、直接序列扩频、零可控自适应天线、猝发、单频转发和频率捷变等技术。我们用频率瞄准方式进行干扰根本不起作用，只能采用全频带阻塞干扰。"

第五集团军的一位上校质问："少校，北约采用的可全是频率瞄准式干扰，频带还相当窄，而我们的 C3I 系统也普遍采用了你提到的那些通信技术，为什么他们对我们的干扰那样有效呢？"

"这原因很简单。我们的 C3I 系统是建立在什么样的软硬件平台上？UNIX，LINUX，甚至 WINDOWS 2010，CPU 是 INTEL 和 AMD！这是用人家养的狗给自己看门！在这种情况下，敌人可以很快掌握诸如跳频规律之类的电子战情报，同时用更多更有效的纯软件加强其干扰效果。总参谋部曾经大力推广过国产操作系统，但到了下面阻力重重，你们集团军就是最顽固的堡垒……"

"好了，你们所说问题和矛盾正是今天会议要解决的，开会！"列夫森科元帅打断了这场争论。

当大家在电子沙盘前坐好后，列夫森科元帅叫过来一位少校参谋，这个身形细高的年轻人双眼眯缝着，好像不适应作战室中的光线。"介绍一下，这位是邦达连科少校，他的最大特点就是深度近视。他的眼镜与众不同，别人的眼镜镜片在镜框里边，他的镜片在镜框外面，哈，就像茶杯底那么厚啊！但我们现在看不到镜片——早上少校的吉普车遇到空袭时给砸了，好像隐形眼镜也弄丢了？"

"报告首长，那是五天前在明斯克丢的。我的眼睛是在半年内变成这样的。这变化早些的话，我就进不了伏龙芝军事学院。"少校立正说道。

虽然谁也不知道元帅为什么介绍这位少校，人群中还是响起了低低的笑声。

"战争爆发以来的事实说明，虽然有白俄罗斯战场的失利，但在空中和陆上常规武器方面，我们并不比敌人差多少；在电子战方面，我们的差距之大却出人意料。造成这样的局面有很深远的历史原因，这不是我们今天要讨论的。我们要明确的是以下一点：目前，电子战是我军夺回战争主动权的关键！我们首先必须承认敌人在电子战方面的优势，甚至是压倒性优势，然后我们必须以我军现有的电子战软硬件条件为基础，制定出一套行之有效的战略战术。这套战略战术的目的，是要在短时间内，使我军和北约在电子战方面形成力量上的平衡。也许大家认为这不可能——我军上世纪末以来的战争理论，主要是基于局部有限战争的，对目前在军事上如此强大的敌人的全面进攻，确实研究得不够。在这样严峻的形势下，我们必须以一种全新的方式思维。下面我要介绍的统帅部新的电子战战略，就可以看作这种思维的结果。"

灯灭了，电脑屏幕和电子沙盘都关闭了，重重的防辐射门也紧紧关闭，作战室淹没于伸手不见五指的黑暗之中。

"是我让关灯的。"黑暗中传来元帅的声音。

时间在黑暗和沉默中慢慢流逝，这样过了有一分钟。

"大家现在有什么感觉？"列夫森科元帅问。

没有人回答。浓重的黑暗使军官们仿佛沉没在夜之海海底，呼吸都有些困难。

"安德烈将军，你说说看。"

"这几天在战场上的感觉。"第五集团军军长说。黑暗中又响起了一阵低低的笑声。

"别的人呢？大概都与他有同感吧？"元帅说。

"当然。您想想，耳机里除了沙沙声什么也没有，屏幕上一片空白，对作战命令和周围的战场态势一无所知，可不就是这种感觉嘛！这黑暗，压得人喘不过气来啊！"

"但并非所有人都是这种感觉。邦达连科少校，你呢？"列夫森科元帅问。

邦达连科少校的声音从作战室的一角传来："我的感觉不像他们这么糟糕。在亮着灯的时候，我看周围也是模模糊糊的。"

"你甚至还有一种优越感吧？"列夫森科元帅问。

"是的，元帅您可能听说过，在纽约大停电时，是瞎子带领人们走出摩天大楼的。"

"但安德烈将军的感觉也是可以理解的。他有一双鹰眼，还是个神枪手，喝酒时常用手枪在十几米外开酒瓶盖。想想他和邦达连科少校在这里用手枪决斗，可是一件很有意思的事。"

黑暗中的作战室又陷入了沉默，指挥官们都在思考。

灯亮了，人们都眯起了双眼，与其说是不能适应突然出现的亮光，不如说是对元帅刚刚的暗示感到震惊。

列夫森科元帅站起来说："我想，刚才我已把我军的电子战新战略表达清楚了：全频段大功率的阻塞干扰，在电磁通信上，制造一个双方'共享'的全黑暗战场！"

"这样将使我军的战场指挥系统全面瘫痪！"有人惊恐地说。

"北约也一样！瞎大家一起瞎，聋大家一起聋，在这样的条件下同敌人达到电子战的力量平衡。这就是新战略的核心思想。"

"那总不至于让我们用通信员骑摩托车传达作战命令吧？！"

"要是路不好，他们还得骑马。"列夫森科元帅说，"我们粗略估计了一下，这样的全频段阻塞干扰，至少可覆盖北约70%的战场通信系统，这就意味着他们的C3I系统将全面瘫痪。同时，还可使敌人50%～60%的远程打击武器失去作用，尤其是'战斧'巡航导弹——现在这种导弹的制导系统较上个世纪有了很大的改变，那时的'战斧'主要使用地形匹配和小型测高雷达来导航，现在这种导航方式只用作末端制导，而其运行过程大多依靠全球卫星定位系统。通用动力公司和麦克唐纳·道格拉斯公司认为他们所做的这种改进是一大进步。美国人太相信来自太空中的导航电波了，但GPS系统的电波传输一旦被干扰，'战斧'就成了瞎子。这种对GPS的依赖在北约大部分远程打击武器中都存在。在我们所设想的战场电磁条件出现时，敌人就会被迫同我们打常规战，我们自己的优势就会充分发挥出来。"

"我还是心里没底。"被从东线调往西线的第十二集团军军长忧心忡忡地说，"在这样的战场通信条件下，我甚至怀疑我的集团军能不能从东线顺利地调到西线。"

"你肯定能的！"列夫森科元帅说，"这段距离，对库图佐夫来说很短，我不信今天的俄罗斯军队离了无线电就走不过去了！被现代化装备惯坏的，应该是美国人而不是我们。我知道，当整个战场都处于电磁黑暗中时，你们心中肯定会感到恐惧。这时要记住，敌人比你们恐惧十倍！"

看着卡琳娜的身影混在穿迷彩服的军官中，消失在作战室的出口，列夫森科元帅不禁担心起来。她将重返前线，而她所在的电子战部队将是敌人火力最集中的地方。昨天，在同一亿千米远的儿子那来回延时达五分钟的通话中，元帅曾告诉他卡琳娜很好，但在今早的战斗中，她就险些没回来。

米沙和卡琳娜是在一次演习中认识的。那天，元帅和儿子一起吃晚饭，同往常一样，他们默默地吃着，米沙早逝的母亲在远处的相框中默默地看着他们。米沙突然说："爸爸，我想起明天就是您的五十一岁生日了，我应该送您一件生日礼物。我是看见那架天文望远镜才想起来的，那件礼物真好。"

"送我几天时间吧！"

儿子抬头静静地看着父亲。

"你有你的事业，我很高兴。但做父亲的想让儿子了解自己的事业，这总不算过分吧！明天你和我一起去看军事演习怎么样？"

米沙笑着点点头。他很少笑的。

这是本世纪国内规模最大的一场演习。演习开始的前夜，米沙对公路上那滚滚而过的钢铁洪流并没有什么兴趣。一下直升机，他就钻进野战帐篷，用透明胶带替父亲贴好刚发下来的作战地图。在第二天演习的整个过程中，米沙也没表现出丝毫的兴趣。这早在列夫森科元帅的预料之中，但有一件事使他感到莫大的安慰。

上午进行的演习项目是装甲师进攻高地，米沙同一群地方官员一起坐在观摩台的北侧。这次观摩台的位置虽在安全距离之外，但应那些猎奇的地方官员的要求，比过去大大靠前了。图-22轰炸机群掠过高地上空，重磅航空炸弹雨点般地落下，使那座山头变成喷发的火山口。这时，那群地方官员才明白真实战场同电影里的区别。在那地动山摇的巨响中，他们全都用双臂抱住脑袋伏在桌子上，有几位女士甚至尖叫着往桌下钻。但元帅看到，只有米沙一个人仍直直坐着，仍是那副冷漠的表情，静静地无动于衷地看着那座可怕的火山，任爆炸的火光在他的墨镜中狂闪。一股暖流冲击着列夫森科元帅的心田：儿子，你的身上到底流着军人的血啊！

这天晚上，父子俩在白天的演习现场散步。远处，各种装甲车辆的前灯如繁星洒满山谷和平原，空气中还残留着淡淡的硝烟味。

"这场演习要花多少钱？"米沙问。

"直接费用大约三亿卢布。"

米沙叹了口气，"我们的课题组想搞第三代恒星演化模型，申请了三十五万经费都批不下来。"

列夫森科元帅把他早就想对儿子说的话说了出来："我们两个的世界相差太远了。你的恒星，最近的也有四光年吧，它同地球上的军队与战争真是毫不相干。我对你的事业知之不多，但为之感到很骄傲。作为军人，我们也是最想让儿子了解自己事业的人。哪一个父亲不把对儿子讲述自己的戎马生涯当作最大的幸福？而你对我的事业却总抱着冷漠的态度。事实上，我的事业是你的事业的基础和保障。一个国家，如果没有足够数量和质量的武装力量保证它的和平的话，像你从事的这种纯基础研究根本不可能进行。"

"爸爸，你说反了。如果人们都像我们这样，用全部的生命去探索宇宙的话，就能领略到宇宙的美——它的宏大和深远后面的美，而一个对宇宙和自然的内在美有深刻感受的人，是不会去进行战争的。"

"你这种想法真是幼稚到家了！如果战争是因为人们缺乏美感造成的，那和平可太容易了！"

"您以为让人类感受这种美就那么容易吗？"米沙指了指夜空中灿烂的星海，"您看这些恒星。人们都知道它们是美的，但有多少人能够真正体会到这种美的最深层呢？这无数的天体，它们从星云到黑洞的演化是那么壮丽，它们喷发的能量是那么巨大，但您知道吗，只用数目不多的几个优美的方程式就能精确地描述这一切。用这些方程式建立的数学模型能极其精确地预言恒星的一切行为。就连我们对自己星球上大气层建立的数学模型，其精确度都要比它低几个数量级。"

列夫森科元帅点点头："这是可能的，据说人类对月球的了解比对地球海底的了解还要多。但你所说的对宇宙和自然深层次美的感受还是制止不了战争。没有人比爱因斯坦更能感受这种美了，原子弹不还是在他的建议下造出来了吗？"

"爱因斯坦在他的后期研究中没什么建树，很大程度上是由于他过多地介入了政治。我不会走他的老路的。但，爸爸，到了需要的时候，我也会尽自己的责任的。"

米沙在演习区待了五天。元帅不知儿子是什么时候认识卡琳娜的。第一次看到他们在一起的时候，他们已经谈得很融洽了。他们谈恒星，而卡琳娜对此知道得很多。卡琳娜是个天真烂漫的女孩儿，但因为拥有博士学位，她早早就扛上了一颗校星，对此，元帅心里多少有些别扭。不过除此之外，他对卡琳娜的印象还是很好的。第二次见到米沙和卡琳娜在一起时，列夫森科元帅发现他们的关系已更加亲密。他们谈话的内容让他很意外——他们在谈电子战。当时，他们俩在距元帅的吉普车不远的一辆坦克边，并没有避开别人的意思。

元帅听到米沙说："你们现在只关注于一些纯软件的高层次的东西，比如 C3I、病毒攻击、数字战场等。可你想到没有，你们可能握着一把木头做的剑。"看着卡琳娜惊奇的目光，米沙继续说，"你想过这些东西的基础吗？也就是位于网络七层协议最下面的物理层？对于民用网络，可以使用光纤和定向激光之类的东西作为通信媒介。但对用于战场的 C3I 系统，它的各个终端是快速移动和位置不定的，只能主要依赖电磁波来进行信息联系，而电磁波这东西，你知道，在干扰下就像薄冰一样脆弱……"

元帅真的吃惊不小。他从未与儿子交流过这些，米沙更不可能偷看他的机密文件，但米沙却把元帅在电子战上多年来形成的思想简明准确地表达出来！米沙的这番话对卡琳娜的影响更大，居然使她偏离了原来的研究方向，研制出一种代号"洪水"的电磁干扰装置。"洪水"的大小可以装入一辆装甲车，能同时发出三千赫至三十吉赫的强烈电磁干扰波，覆盖除毫米波之外的所有电磁通信波段。这种武器在西伯利亚某基地进行的第一次实验就为军队惹来了一屁股官司——"洪水"使附近那座城市的电磁波通信全部中断——手机不通了，传呼机不响了，电视机和收音机都收不到信号。对银行和股市的影响更是灾难性的，地方上把造成的损失说成了天文数字。"洪水"的灵感来自于一种电磁炸弹，原理是高爆炸药在一次性线圈中会产生强烈的电磁脉冲。所以，"洪水"工作起来如同火箭发动机一样，产生的声响能震破附近的窗玻璃，这就决定了它只能遥控操作，而距它二三千米处的操作人员还得穿上防微波辐射的防护服。"洪水"在总装备部和总参谋部的电子战指挥机构中引起了很大的争论。很多人认为它没什么实战价值，在有限战场上使用它，就如同在巷战中使用核武器，对敌我的杀伤力都一样大。但在元帅的坚持下，"洪水"还是批量生产了二百多台。现在，在统帅部新的电子战战略中，它将担当主要角色。

儿子爱上了一个军中的姑娘，元帅深感意外。他的结论是，米沙对卡琳娜的感情同她的职业无关。后来，米沙带卡琳娜到家里来过几次，第一次卡琳娜穿着一件亮丽的连衣裙，走时元帅听到米沙对卡琳娜说："下次穿军装来。"这事使元帅否定了自己先前的结论。他现在知道，米沙爱上卡琳娜，与她是一名少校军官并非一点关系也没有。与演习第一天上午感到的别扭不同，现在元帅觉得卡琳娜肩上的那颗校星无比美丽。

1月6日，莫斯科战区

强烈的电磁波在战区上空很快聚集，最后形成了巨大的电磁台风。战后人们回忆，当时在远离前线的山村里，人们也看到动物和鸟儿骚动不安；在灯火管制的城市中，人们能看到电视天线上发出的微小火花……

从东线调往西线的第十二集团军的一个装甲团正在急速行军，团长站在停在路边的吉普车旁，满意地看着漫天雪尘中急速行进的部队。敌人的空袭远没有达到预期的强度，所以部队可以在白天赶路了。这时，三枚"战斧"导弹低低地从他们头顶掠过，冲压发动机低沉的嗡嗡声清晰可闻。不一会儿，远处响起了三声爆炸。团长身边的通信员拿着只听得到沙沙声的耳机无事可做，转头看看爆炸的方向，然后惊叫起来，让他看；他让通信员不要大惊小怪，但旁边的一位少校营长也让他看，他就看了，然后困惑地摇了摇头。"战斧"不是每枚都能命中目标，但像这样三枚相距上千米、落到空无一物的田野上，还真是少见。

两架苏-27孤独地飞行在战区五千米上空。它们本来属于一支歼击机中队，但这支中队刚刚在海上同一组北约的F-22发生了遭遇战，混战中，它们和中队失散了。在以前，重新会合是轻而易举的事。但现在，无线电联络不通了，原来对高速歼击机来说很狭小的空域现在变得如宇宙一样广阔，要想会合难如登天。这对长僚机只能紧贴着飞行，距离之近像在飞特技。然而只有这样，他们才能听到对方的无线电呼叫。

"左上方发现可疑目标，方位二二〇，仰角三十！"僚机报告。长机飞行员沿那个方位看去，冬日雪后的晴空一碧如洗，能见度极好。两架飞机向斜上方靠近目标观察。那个目标与他们同一方向飞行，但速度慢了许多，所以他们很快追上了它。

当他们看清目标后，真觉得白天见了鬼。那是一架北约的 E-4A 预警机，是歼击机最不可能遇到的敌方飞机，就像一个人不可能看到自己的后脑勺一样。E-4A 预警飞机上的雷达监视面积可达一百万平方千米，环视一圈只需五秒钟；它能发现远离防区二千千米处的目标，可以提供四十分钟以上的预警时间；它能发现一千至二千千米范围里的八百至一千个电磁信号，每次扫描可询问和识别二千个海陆空各类目标。预警机从不需要护航，它强有力的千里眼可使自己远远地避开歼击机的威胁。所以长机飞行员理所当然地认为这可能是一个圈套。他和僚机向四周的空域仔细搜索了一遍，明净寒冷的空中看不到任何东西，长机决定冒一次险。

　　"雷球雷球，我将发起攻击，你向 317 方位警戒，但注意不要超出目视距离！"

　　看着僚机向着长机认为最可能有埋伏的方位飞去后，他打开油门，猛拉操纵杆。苏 -27 拖着加速产生的黑烟，如一条仰起头的眼镜蛇向斜上方的预警机扑去。这时，E-4A 也发现了向它逼近的威胁，急忙向东南方向做逃脱的机动飞行。干扰热寻导弹的镁热弹不断地从机尾蹦出，那一串小小的光球仿佛是它那被吓出壳的灵魂。预警飞机在歼击机面前就如同自行车在摩托车面前一样，是无法逃脱的。这时，长机飞行员才感到他刚才给僚机的命令是多么自私。他在 E-4A 的后上方远远跟着它，欣赏着到手的猎物。E-4A 背上蓝白相间的雷达天线罩线条优美，像一件可人的圣诞玩具；它那粗大的白色机身，如同摆在盘子里的一只肥美的烤鸭，令他垂涎欲滴，又不忍下刀叉。但直觉使他不敢拖延。他首先用 20 毫米口径机炮做了一个点射，击碎了 E-4A 的雷达天线罩。他看到，西屋公司制造的 AN/PY-3 型雷达的天线的碎片飞散在空中，如圣诞节里银色的纸花。接着，他用机炮切断了 E-4A 的一个机翼，最后，射速达每分钟六千发的双管机炮射出的死亡之刃，将已经翻滚下坠的 E-4A 拦腰斩断。苏 -27 盘旋着跟随两块坠落的机体，飞行员看到，人员和设备不停地从机舱中掉出，就像从盒中掉出的糖果一样，有几朵伞花在空中绽开。他想起了在刚过去的空战中，一个战友被击落时的情景：一架 F-22 三次从战友的降落伞上方掠过，把伞冲翻了，他看着战友像块石头一样渐渐消失在大地的白色背景中。他克制了这样做的冲动，同僚机会合后，双机编队以最快的速度脱离这个空域。

不过，他们仍觉得这可能是个圈套。

走散的飞机并不止那两架。在廊房战线的上空，一架隶属于美国陆军骑一师的"科曼奇"在漫无目标地飞着，飞行员沃克中尉却倍感兴奋。他刚从"阿帕奇"转飞"科曼奇"不久，对这种上世纪末才大量装备陆军的武装攻击直升机不太适应。他不喜欢没有脚踏的操纵系统，并觉得"科曼奇"的双目头盔瞄准镜不如"阿帕奇"的单目镜舒服，但他最不适应的还是坐在前面的攻击指挥员哈尼上尉。他们第一次见面时，哈尼说："中尉，你要清楚自己的位置，我是这架直升机的大脑，你只是它电子和机械部件的一部分——你要尽到一个部件的责任！"而沃克最讨厌作为一个部件而存在。记得一位年近百岁的参加过二战的前海军飞行员参观他们的基地时，看了看"科曼奇"的座舱，摇摇头说："唉，孩子们，我当年那架'野马'，座舱里的仪表还不如现在微波炉上的多。我最好的仪表是它！"他拍了拍沃克的屁股，"我们两代飞行员的区别，就是空中骑士和电脑操作员的区别。"沃克想当空中骑士，现在机会来了。在俄罗斯人那近乎变态的疯狂干扰下，这架直升机上的什么"作战任务设备一体化系统"、什么"目标探测系统"、什么"辅助目标探察分类系统"、什么"真实视觉场面发生器"，还有"资料突发系统"，全都休克了！只剩下那两台一千二百马力的T800型引擎还在忠实地转动着。哈尼平时全凭那些电子玩意儿发号施令，现在他那张喋喋不休的臭嘴也随着这些东西安静下来。这时，内部送话系统传来了哈尼的话音："注意，发现目标，好像在左前方，好像在那个小山包旁边，有一支装甲部队，好像是敌人的，你……看着办吧！"

　　沃克差点笑出声来。哈，这小子，听他以前是怎么指挥的："发现目标，方位一三三，90式坦克十七辆，89式运兵车二十一辆，向三九一方位以平均时速四十三点五千米运动，平均间隔三十一点四米。按'AJ041号'优化攻击方案，从一七九方位以三十七度倾角进入……"现在呢？"好像"有装甲部队，"好像"在"山包旁边"。这用你说？我早看见了！还让我看着办！你是废物了，哈尼，现在是我的天下，我要用屁股当仪表做一个骑士了！这架"科曼奇"

在我的手中将不辜负它那英勇的源自印第安部落的名字。

　　"科曼奇"向着那显而易见的目标冲去，把机上的六十二枚二十七点五英寸口径的"蜂巢"火箭全部发射出去。沃克陶醉地看着那群拖着着火尾的小蜜蜂欢快地向目标飞去，把敌人的车队淹没于一片火海之中。但当他迂回飞行观察战果时却发现事情不对，地面上敌人的士兵没有隐蔽，而是全都站在雪地上冲他指指点点，像是在破口大骂。沃克飞近一些，清楚地看到了一辆被击毁的装甲车上的标识，那是个三环同心圆，中间是蓝色，然后是一个白圈儿和一个红圈儿。沃克眼前一黑，感到世界变成了地狱，破口大骂起来："你个狗娘养的白痴，你瞎眼了？！"

　　但他还是聪明地远远飞开，以防那些暴怒的法国佬还击："你个狗娘养的，你现在大概在想到军事法庭上怎样把责任推给我。你推不掉的，你是负责目标甄别的，你要明白这一点！"

　　"也许……我们还有机会补救，"哈尼怯生生地说，"我又发现了一支部队，就在对面……"

　　"去你的吧！"沃克没好气地说。

　　"这次没错，他们正在同法国人交火！"

　　这下沃克又来了精神，驾机向新目标冲去，看到对方主要是步兵，装甲力量不多，这倒证实了哈尼的判断。沃克把仅剩的四枚"地狱火"导弹发射出去，然后把加特林双管机枪的射速调到每分钟一千五百发并开始射击。他舒服地感觉到机枪通过机体传来的微微振动，看到地面敌人的散兵线被撒上了一层白色的"胡椒面"。但作为一名老练的武装直升机飞行员的直觉告诉他有危险。他扭头一看，只见一枚肩射导弹刚刚从左下方一名站在吉普车上的士兵肩上射出来。沃克手忙脚乱地发射了诱饵镁热弹，又向后方做摆脱飞行，但晚了，那枚导弹拖着蛛丝般的白烟击中了"科曼奇"的机头下部。沃克从爆炸带来的短暂昏眩中醒来时，发现直升机已坠落到雪地上。沃克拼命爬出全是白烟的机舱，在雪地上抱住一棵刚被螺旋桨齐腰砍断的大树，回头看见了前舱中被炸成肉酱的哈尼上尉。他又看到前方一群端着冲锋枪的士兵正在向他跑来。沃克颤抖着抽出手枪放到面前的雪地上，然后掏出俄语会话本读了起来："吾已方下无起，吾是战扶，日内瓦……"

他后脑挨了一枪托，肚子上又挨了一脚，但他翻倒在雪地上时却大笑起来——他可能被揍个半死，但不会全死，因为他看到了那些士兵衣领上波兰军队的鹰形领章。

1月7日，明斯克，北约军队作战指挥中心

"把那个该死的军医叫来！"托尼·帕克上将烦躁地喊道。当那名瘦高的上校军医跑到他面前时，他恼怒地说，"怎么搞的？你折腾了两次，我的假牙还在嗡嗡响！"

"将军，这是我见过的最奇怪的事，也许是您的神经系统有问

题，要不我给您打一针局部麻醉？"

这时，一位少校参谋走过来说："将军，请把假牙给我，我有办法的。"于是帕克取下假牙，放到了少校递过来的纸巾上。

关于将军掉的两颗门牙，媒体的普遍说法是在波斯湾战争中他所在的坦克被击中时造成的，只有将军自己知道这不是真的。那次是断了下腭，牙则是更早些时候掉的。那是在克拉克空军基地，当时的世界好像除了火山灰外什么都没有——天是灰的，地是灰的，空气也是灰的，就连他和基地最后一批人员将要登上的那架"大力神"，机顶上也落了厚厚白白的一层。火山岩浆的暗红色火光在这灰色的深处时隐时现。那个菲律宾女职员还是找来了，说基地没了，她失业了，房子也压在火山灰下，让她和肚子里的孩子怎么活？她拉着他，求他一定带她到美国去，他告诉她这不可能，于是她脱下高跟鞋朝他脸上打，打掉了他的两颗门牙。看着灰色的海水，帕克默念，我的孩子，现在你在哪儿？你是和母亲在马尼拉的贫民窟中度日吗？你的父亲现在某种程度上是为你而战。俄罗斯的民主政府上台后，北约的前锋将抵达中国边境，苏比克和克拉克将重新成为美国在太平洋上的海空军基地，那里将比上个世纪更繁荣，你会在那儿找到工作的！如果你是个女孩，说不定像你妈妈（她叫什么来着，哦，阿莲娜）一样能认识个美国军官……

修牙的少校回来了，打断了将军的胡思乱想。将军拿过纸巾上的假牙装上，几秒后惊奇地看着少校，"嗯？你是怎么做到的？"

"将军，您的假牙响是因为它对电磁波产生了共振。"

将军盯着少校，分明不相信他的话。

"将军，真是这样！也许您以前也曾暴露在强烈的电磁波下，比如在雷达的照射范围里，但那些电磁波的频率同您的假牙的固有频率不吻合。而现在，空中所有频带的电磁波都很强烈，于是产生了这种情况。我把假牙进行了一些加工，使它的共振频率提高了许多，它现在仍然共振，但您感觉不到了。"

少校离开后，帕克将军的目光落到了电子作战图旁的一个座钟上。钟座是骑着大象的汉尼拔塑像，上面刻着"战必胜"三个字，原来摆放在白宫的蓝厅，当时总统发现他的目光总落在那玩意儿上，就亲自拿起了在那儿放了100多年的钟，赠给了他。

"上帝保佑美国，将军，现在您就是上帝！"

帕克沉思了很久，缓缓地说："命令全线停止进攻，用全部空中力量搜寻并摧毁俄罗斯人的干扰源。"

1月8日，俄罗斯军队总参谋部

"敌人停止进攻了，你好像并不感到高兴。"列夫森科元帅对刚从前线归来的西部集群司令说。

"是高兴不起来。北约的全部空中力量已集中打击我们的干扰部队，这种打击确实是很奏效的。"

"这在我们的预料之中。"列夫森科元帅平静地说，"我们的战术在开始会使敌人手足无措，但他们总会想出对付的办法。用于阻塞式干扰的干扰机，由于其强烈的全频带发射，很容易被探测和摧毁。好在我们已争取了相当的时间，现在全部希望都寄托在两个集群的快速集结上了。"

"情况可能比预想的严峻，"西部集群司令说，"在我们失去电子战优势之前，可能没有给高加索集群进入出击位置留下足够的时间。"

西部集群司令走后，列夫森科元帅看着电子沙盘上的前线地形，想起了正处于敌人密集火力下的卡琳娜，由此又想起了米沙。那天，米沙回到家里，脸上青一块紫一块的。这之前，元帅已听到传言，说他儿子是那所大学中唯一一名反战分子，结果被学生们打了。

"我只是说不要轻言战争，我们真的不能同西方达成一种理智的和平吗？"米沙对父亲解释说。

元帅用从未有过的严厉口吻对儿子说："你知道自己的身份。你可以不说话，但以后绝不许出现类似的言论。"

米沙点了点头。

又过了几天，晚上一进家门，元帅就告诉米沙："俄共上台了。"

米沙看了父亲一眼，淡淡地说："吃饭吧！"

再往后，西方宣布俄罗斯新政府为非法，杜波列夫组织右翼联盟并发动内战。这些列夫森科元帅都不需要告诉米沙了。父子俩每天晚上都像往常一样默默地吃饭。直到有一天，米沙接到航天基地的通知，收拾起行装走了。两天后，他乘航天飞机登上了在近地轨道运行的"万年风雪号"。

又过了一周，战争全面爆发。这是一场由空前强大的敌人从预料不到的方向发起的旨在彻底肢解俄罗斯的世界大战。

1月9日，近日轨道，"万年风雪号"掠过水星

由于"万年风雪号"的速度很快，它不可能成为水星的卫星，只能从这颗行星面对太阳的那一面高速掠过。这是人类第一次用肉眼直接对水星表面进行近距离观察。米沙看到，水星表面高达两千米的峭壁，蜿蜒数百千米，穿过布满巨大坑穴的平原。他还看到了被行星地质学家称作"不可思议的地形"的名叫"卡托里萨"的盆地，其直径达一千三百千米。它的不可思议之处在于，在水星的另一面，有一个面积相仿的盆地正对着它。人们猜测，这是因为一颗巨大的彗星撞击了水星，强烈的震波穿过了整个星体，在两个半球同时形成了极其相似的两个盆地。米沙还发现水星表面有许多明亮的光斑。当他在屏幕上把那些光斑放大后，激动得

屏住了呼吸。

那是水星上的水银湖泊，它们每个的面积平均达上千平方千米。

米沙想象着在水星那漫长的白天，在那一千八百摄氏度的高温下，站在水银湖岸边的情形。即使在狂风中，水银湖也会很平静，更不要说水星没有大气，没有风。湖的表面如广阔的镜子平原。太阳和银河毫不失真地投射在上面。

"万年风雪号"掠过水星后，将继续靠近太阳，一直航行到它那由核聚变制冷装置支持的绝热层所能忍受的极限距离。太阳的高温将是它最好的掩护。北约的任何太空航行器都不可能飞进这个酷热的地狱。

看看这广阔的宇宙，再想想一亿千米之外的母星上的那场战争，米沙再次哀叹人类目光的狭隘。

1 月 10 日，斯摩棱斯克前线

看着敌人渐渐靠近的散兵线，卡琳娜明白了为什么当周围的干扰点相继被摧毁后，只有她这里幸存下来——敌人想夺取一台完整的"洪水"。

由三架"科曼奇"和四架"黑鹰"组成的直升机群轻而易举地

发现了这台"洪水"的位置。由于"洪水"巨大的电磁波,对它的遥控只能通过光缆,敌人顺着光缆发现了卡琳娜所在的距那台"洪水"三千米的遥控站。这是一间被废弃的孤立的小库房。

四架运载着四十多名敌人步兵的"黑鹰"在距库房不到二百米处降落了。当时,遥控站中除卡琳娜之外还有一名上尉和一名上士。上士听到引擎声响,刚拉开库房的门,就被直升机上的狙击手射出的一颗子弹掀开了头盖骨。敌人随后的火力很谨慎也很节制,显然怕伤了库房里他们想得到的设备,卡琳娜和那名上尉得以多坚守了一段时间。

现在,在卡琳娜的左前方,上尉的冲锋枪声沉默了,这枪声是这里唯一的安慰。她看到在作为掩体的树桩后面,上尉一动不动,一圈殷红的鲜血正在他周围的雪地上扩散。卡琳娜处在库房前由几个沙袋堆成的简易掩体后面,脚下散落着八个冲锋枪弹匣,滚烫的枪管在沙袋上面的积雪中发出嘶嘶的声音。每当卡琳娜射击时,对面的敌人就会卧倒,子弹在他们前面溅起一团团雪花,而半圆形包围圈未受攻击的敌人则纷纷跃起,快步推进了一段距离。现在,卡琳娜只剩下三个弹匣了,她开始打单发,这没有经验的举动等于告诉敌人她子弹不多了,使他们更快更大胆地推进。卡琳娜再次换弹匣时,听到沙袋顶上厚厚的积雪"吱"地响了一声,有什么东西从中飞快地钻了过来,她感到右肋被什么猛推了一下,没有疼痛,只有一阵很快扩散的麻木感,温热的血顺着右侧身体流了出来。她坚持着,几乎是漫无目标地打完了这个弹匣。

当她伸手拿起沙袋顶上最后一个弹匣时，一颗子弹打断了她的前臂，弹匣掉到雪地上。卡琳娜站起身，回头向库房门走去，身后的雪地上留下了一条细细的血迹。当她拉开门时，又一颗子弹穿透了她的左肩。

由瑞特·唐纳森上尉率领的美国海军陆战队"海豹"突击队小分队谨慎地靠近库房。唐纳森和两名陆战队员越过那名俄罗斯上士的尸体，踹开门冲进库房，发现里面只有一名年轻女军官。她坐在他们的目标——"洪水"遥控仪旁边，一只被打断的手臂无力地垂在控制台上，正对着显示屏上映出的影子，用另一只手整理着自己的头发，不断滴下的鲜血在她的脚下积成了小小的血洼。她对着冲进来的美国人和那一排枪口笑了一下，算是打了招呼。唐纳森长出了一口气，但这口出来的气再也没有吸回去——他看到她整理头发的手从控制台上拿起了一个墨绿色椭圆形的东西，把它悬在半空中。唐纳森立刻认出了那是一枚气体炸弹，由于是用来装备武装直升机的，所以体积很小。那东西可由激光近炸引信引爆，在距地面半米处发生两次爆炸，第一次扩散气体炸药，第二次引爆炸药雾，他现在就是一支箭也飞不出它的威力圈。

他朝她伸出一只手向下压着。"镇静，少校，镇静下来，不要激动。"他朝周围示意了一下，陆战队员们的枪口垂了下来，"您听我说，事情没您想的那么严重，您将得到最好的医疗，您将被送到德国最好的医院，然后，会作为第一批交换的战俘……"少校又对他笑了一下，这使他多少受到了一些鼓励，"您完全没必要采用这么野蛮的方式，这是一场文明的战争，它本来是会很顺利的，这一点在二十天前越过波俄边境时我就感觉到了。当时你们的大部分火力都被摧毁，只有零星的机枪声恰到好处地点缀着我们这场光荣而浪漫的远征。您看，一切都会很顺利的，没必要……"

"我还知道另一次更美妙的开始。"少校用纯正的英语说，她轻柔的声音如同来自天堂，能让火焰熄灭，钢铁变软，"美丽的沙滩，棕榈树上挂着欢迎的横幅。到处是漂亮的姑娘，留着齐腰的长发，穿着沙沙作响的丝裤，在年轻的士兵中移动，用红色和粉红色的花环装点着他们，羞怯地对着目瞪口呆的士兵们微笑……上尉，您知道这次登陆吗？"

唐纳森困惑地摇摇头。

"这就是 1965 年 3 月 8 日上午 9 点，在岘港，美国首批海军陆战队士兵登上越南土地的情景，也是越战的开端。"

唐纳森觉得自己一下子掉进了冰窟，刚才的镇静瞬间消失了，他的呼吸急促起来，声音开始颤抖："不，别这样少校。您这样对待我们是不公平的！我们没有杀过多少人，杀人的是他们。"他指着窗外半空中悬停着的直升机，"是那些飞行员，还有那些在很远的航空母舰上操作电脑指引巡航导弹的先生，但他们也都是些体面的人。他们所面对的目标都是屏幕上漂亮的彩色标记，他们按一下按钮或动一下鼠标，耐心地等一会儿，那些标志就消失了。

他们都是文明的先生，他们没有恶意，真的没有恶意……您在听我说吗？"

少校笑着点点头，谁说死神是丑恶恐怖的。死神真美。

"我有一个女朋友，她在马里兰大学读博士，她像您一样美丽，真的，她还参加反战游行……"我真该听她的，唐纳森想，"您在听我说吗？您也说点什么吧，求求您说点什么……"

美丽的少校最后对敌人微笑了一次："上尉，我尽责任。"

这时，赶来增援的俄军一〇四摩步师的一支部队距"洪水"遥控站还有半千米，他们首先听到了一声沉闷的爆炸，并远远看到位于宽阔田野中的那间孤零零的小库房隐没于一团白雾之中。紧接着是一声比刚才高百倍的巨响，地动山摇，一团巨大的火球在库房的位置出现，火焰裹在黑色的浓烟中高高升起，化作高耸的蘑菇云，如绽放在天地之间的一朵绝美的生命之花。

1月11日，俄罗斯军队总参谋部

"我知道你想要什么东西，别废话，要吧！"列夫森科元帅对高加索集群司令说。

"我想让前两天的战场电磁条件再持续四天。"

"你清楚，我们的战场干扰部队现在有百分之七十已被摧毁，我现在连四个小时都无法给你了！"

"那我的集群就无法按时到达出击位置，北约的空中打击大大迟滞了部队的集结速度。"

"要是那样的话，你就把一颗子弹打进自己脑袋里去吧！现在敌人已逼近莫斯科，已到了七十年前古德里安到过的位置。"

在走出地下作战室的途中，高加索集群司令在心里默念：莫斯科，坚持啊！

1 月 12 日，莫斯科防线

塔曼摩步师师长费利托夫上校清楚，他们的阵地最多只能再承受一次进攻了。

敌人的空中打击和远程打击渐渐猛烈起来，而俄军的空中掩护却越来越少了。这个师的装甲力量和武装直升机都所剩无几，最后的坚守几乎全靠血肉之躯了。

师长拖着被弹片削断的腿，挂着一支步枪走出掩体。他看到战壕挖得不深，这也难怪，现在阵地上大部分都是伤员了。但他惊奇地发现，在战壕的前面构起了一道整齐的约半米高的胸墙。师长很奇怪这胸墙是用什么材料这么快筑起的，这时他看到被雪覆盖的胸墙上伸出几条树枝一样的东西，走近一看，那是一只只惨白僵硬的手臂……他勃然大怒，一把抓住一位上校团长的衣领。

"浑蛋！谁让你们用士兵的尸体筑掩体的?！"

"是我命令这样干的。"师参谋长的声音从师长身后平静地响起，"昨天晚上进入新阵地太快，这里又是一片农田，实在没有什么别的材料了。"

他们沉默对视着。参谋长额头绷带中流出的血在脸上一道道地冻结了。这样过了一会儿，他们俩人朝这堵用青春和生命筑成的胸墙走去。师长的左手拄着用作拐杖的步枪，右手扶正了钢盔，向着胸墙行军礼，仿佛在最后一次检阅自己的部队……

他们路过了一个被炸断双腿的小士兵，从断腿中流出的血把下面的雪和土混成了红黑色的泥，这泥的表面现在又冻住了。小士兵正躺着把一颗反坦克手雷往自己怀里放，他抬起没有血色的脸，朝师长笑了笑，"我要把这玩意儿塞进'艾布拉姆斯'的履带里。"

寒风卷起道道雪雾，发出凄厉的啸声，仿佛在奏着一首上古时代的战歌。

"如果我比你先阵亡，请你也把我砌进这道墙里。这确实是一个好归宿。"师长说。

"我们两个不会相差太长时间的。"参谋长用他那特有的平静说。

1月12日，俄罗斯军队总参谋部

一个参谋来告诉列夫森科元帅，航天部部长急着要见他，事情很紧急，是有关米沙和电子战的事。

听到儿子的名字，列夫森科元帅心里一振。他已得知卡琳娜阵亡的消息，但他无法想象一亿千米之外的米沙同电子战有什么关系，他甚至想象不出米沙现在和地球有什么关系。

部长一行人走了进来，他没有多说话，径直把一片三英寸光盘递给了列夫森科元帅："元帅，这是我们一小时前收到的米沙从'万年风雪号'上发回的信息。"后来他又补充说，"这不是私人信息，希望您能当着所有相关人员的面播放它。"

作战室中的所有人听着来自一亿千米以外的声音："我从收到的战争新闻中得知，如果电磁干扰不能再持续三到四天的话，我们可能输掉这场战争。如果这是真的，爸爸，我能给您这段时间。

"以前，您总认为我所研究的恒星与现实相距太远，我自己也是这么认为，现在看来我们都错了。我记得对您提起过，恒星产生的能量虽然巨大，但它本身却是一个相对单纯和简单的系统。比如我们的太阳，组成它的只是两种最简单的元素：氢和氦；它的运行也只是由核聚变和引力平衡两种机制构成。同我们的地球相比，它的运行状态在数学模型上比较容易把握。现在，我们对太阳已经建立了十分精确的数学模型，其中也有我做的工作。通过这个数学模型，我们可以对太阳的行为作出十分精确的预测，这就使我们可以利用一个微小的扰动，在短时间内局部打破太阳运行的平衡。方法很简单：用'万年风雪号'精确撞击太阳表面的某点。

"也许您认为，这不过是把一块小石头投入海洋，但事实不是这样。爸爸，这是一粒沙子掉进了眼睛！

"根据数学模型我们得知，太阳是一个极其精细而敏感的能量平衡系统，如果计算得当，一个微小的扰动就能在太阳表面和内部产生连锁反应。这种反应扩散开来，其局部平衡就会被打破。历史上有过这样的先例。最近的记载是在 1972 年 8 月初，在太阳表面一个很小的区域发生了一次剧烈的电磁爆发，对地球产生了巨大的影响。飞机和轮船上的罗盘指针胡乱跳动，远距离无线电通信中断。在北极地区，夜空中闪动着炫目的红光。在乡村，电灯时亮时灭，如同处于雷暴的中心。这种效应持续了一个多星期。现在比较可信的解释是：当时一颗比'万年风雪号'还小的天体撞击了太阳表面。类似的太阳表面平衡扰动在历史上一定多次发生过，但大部分发生在人类发明无线电接收装置以前，所以没被察觉。这些对太阳表面的撞击都是随机的、偶然的，因而所能产生的平衡扰动在强度和范围上都是有限的。

"但'万年风雪号'对太阳的撞击点是经过精确计算的，所产生的扰动比上面提到的自然产生的扰动要大几个数量级。这次扰动将使太阳向太空喷发出强烈的电磁辐射，包括从极低频到甚高频的所有频带的电磁波。同时，太阳射出的强烈的 X 射线将猛烈撞击对短波通信十分重要的电离层，从而改变电离层的性质，使通信中断。在扰动发生时，地球表面除毫米波外的绝大部分无线电通信将中断。这种效应在晚上可能相对弱一些，但在白天甚至超过了你们前两天进行的电磁干扰。据计算，这次扰动大约可持续一周。

"爸爸，以前我们两个人一直生活在相距遥远的两个世界中，互相交流很少。但现在，我们这两个世界已融为一体，我们在为一个共同的目标而战，我为此自豪。爸爸，像您的每一个士兵一样，我在等着您的命令。"

航天部部长说："米哈伊尔博士所说的都是事实。去年，我们向太阳发射过一个探测器，它依据数学模型的计算对太阳表面进行了一次小型的撞击实验，证实了模型所预言的扰动。博士和他的研究小组还提出了一个设想：将来也许可以用这种方法适当改变地球的气候。"

列夫森科元帅走进一个小隔间，拿起直通总统的红色电话。过了一会儿，他就从隔间走了出来。历史对这一时刻的记载是不同的，有人说他马上说出了那句话，也有人说他沉默了一分钟之久，但那句话的内容是一致的。

"告诉米沙，照他说的去做吧。"

1月12日，近日轨道，"万年风雪号"冲向太阳

"万年风雪号"的十台核聚变发动机全部打开，每台发动机的喷口都喷出了长达上百千米的等离子体射流，它在最后修正轨道和姿态。

在"万年风雪号"的正前方，有一道巨大的美丽日珥。那是从太阳表面盘旋而上的灼热的氢气气流，像一条长长的轻纱，飘浮在太阳火的海洋上空，变幻着形状和姿态。它的两端都连着日球表面，形成了一座巨大的拱门。"万年风雪号"从这高达四十万千米的凯旋门正中缓缓地、庄严地通过。前方又出现了几道日珥，它们只有一头同太阳相连，另一头伸进了太空深处。发动机闪着蓝光的"万年风雪号"像穿行在几棵大火树中的一只小小的萤火虫。后来，那蓝光渐渐熄灭，发动机停止了，"万年风雪号"的轨道已精确设定，剩下的一切都将由万有引力定律来完成了。

当飞船进入了太阳的上层大气日冕时，上方太空黑色的背景变成了紫红色，这紫红色的辉光弥漫了这里的所有空间。在下方，可以清楚地看到太阳色球中的景象。在那里，成千上万的针状体在闪闪发光。那些东西在19世纪就被天文学家观察到了，它们是从太阳表面射向高空的发光的气体射流，这些射流使得太阳大气看上去像一片燃烧的大草原，每棵草都有上千千米高。

在这燃烧的大草原下面就是太阳的光球，那是无边无际的火的海洋。

从"万年风雪号"发回的最后的图像中，人们看到米沙从巨大的监视屏前起身，打开了透明穹顶外面的防护罩，壮丽的火海展现在他面前。他想亲眼看看他童年梦幻中的世界。火之海在抖动变形，那是半米厚的绝热玻璃在熔化。很快，那上百米高的玻璃壁化作一片透明的液体滚落下来。像一个初见海洋的人陶醉地面对海风，米沙伸开双臂迎接那向他呼啸而来的六千摄氏度的飓风。在摄像机和发射设备被烧熔之前发回的最后几秒钟图像中，可以看到米沙的身体燃烧起来，最后变成了一把跳动的火炬，和太阳的火海融为一体……

接下来的景象只能猜想了："万年风雪号"的太阳能电池板和突出结构首先熔化，由于其表面张力，飞船的表面形成一个个银色的小球。当"万年风雪号"越过色球和日冕的交界处时，它的主体开始熔化。当它深入二千千米后，整个飞船完全熔化了。一个个分开的金属液珠合并成一个巨大的银色液球，精确地沿着那已化为液体的计算机所设定的目标高速飞去。太阳大气的作用开始显现——液球的周围出现了一圈淡蓝色的火焰，向后拖了几百千米长，颜色由淡蓝渐变为黄色，在尾部变成美丽的橘红色。

最后，这美丽的火凤凰消失在浩渺的火海之中。

1 月 13 日，地球

人类回到了马可尼之前的世界。

入夜，即使在赤道地区，夜空也充满了涌动的极光。

面对着一片雪花的电视屏幕，大多数人只能猜测和想象那块激战中的广阔土地上的情形。

1 月 13 日，莫斯科前线

帕克将军推开了企图把他拉上直升机的八十二空降师师长和几名前线指挥官，举起望远镜继续看着远方。那里，俄罗斯人的坦克滚滚而来。

"定标四千米，九号弹药装填，缓发引信，放！"

从来自后方的射击声帕克知道，还有不到三十门 105 毫米口径榴弹炮可以射击，这是他目前唯一可以用于防守的重武器了。

一小时前，这个阵地上唯一一支装甲力量——德军的一个坦克营——以令人钦佩的勇气发起反冲锋，并取得了显著的战果：在距此八千米处击毁了相当于他们坦克数目一倍半的俄罗斯坦克。但由于数量上的绝对劣势，他们在俄罗斯人的钢铁洪流面前如正午太阳下的露珠一样消失了。

"定标三千五百米，放！"

炮弹飞行的嘶鸣过后，在俄罗斯人的坦克阵前面掀起了一道由泥土和火焰构成的高墙。但就如同塌下的泥土只能暂时挡住洪水，洪水最终将漫过来一样，爆炸激起的泥土落下后，俄罗斯人的装甲前锋又在浓烟中显现。帕克看到他们的编队十分密集，如同在接受检阅。在前几天用这种队形进攻是自取灭亡，但现在，在北约的空中和远程打击火力几乎全部瘫痪的情况下，这却是可以采用的队形，可以最大限度地集中装甲攻击力量，以确保在战线上的突破。

防线配置的失误是在帕克将军预料之中的，因为在这样的战场电磁条件下，要想准确快速地判明敌人的主攻方向几乎是不可能的。对下一步的防守，他心中一片茫然。在 C3I 系统全面瘫痪的情况下，快速调整防御布局是十分困难的。

"定标三千米，放！"

"将军，您在找我？"法军司令若斯凯尔中将走了过来。他身边只跟着一名法军中校和一名直升机驾驶员。他没穿迷彩服，胸前的勋章和肩上的将星擦得锃亮，但却戴着钢盔，提着步枪，显得不伦不类。

"听说在我们的左翼，幼鹿师正在撤出阵地。"

"是的，将军。"

"若斯凯尔将军，在我们的身后，七十万北约部队正在撤退，他们的成功突围取决于我们的坚固防守！"

"是取决于你们的坚固防守。"

"我听不明白。"

"您什么都明白！你们对我们隐瞒了真实战局，你们早就知道右翼联盟的军队要在东线单方面停火！"

"作为北约军队最高指挥官，我有权这样做。将军，我想您也明白，您和您的部队有接受指挥的职责。"

……

"定标二千五百米，放！"

……

"我只遵守法兰西共和国总统的命令。"

"我不相信现在您能收到这样的命令。"

"几个月前就收到了。在爱丽舍宫的国庆招待会上，总统亲自向我说明了在这种情况下法国军队的行为准则。"

"你们这些戴高乐的杂种，这几十年来你们一直没变！"帕克终于失去控制。

"话别说得这么难听，将军。如果您不走，我也会一个人留下来，我们一起光荣地战死在这广阔的雪原上。拿破仑在这儿也失败过，我们不丢人。"若斯凯尔向帕克挥动着那支 FAMS 法军制式步枪说。

……

"定标二千米，放！"

……

帕克慢慢地转过身，面对一群前线指挥官："请你们向坚守阵地的美军部队传达我下面的话：我们并非生来就是一支只能靠电脑才能打仗的军队，我们原本是由庄稼汉组成的军队。几十年前，在瓜达卡纳尔岛，我们在热带丛林中一个地洞一个地洞地同日本人争夺；在溪山，我们用圆锹挡开北越士兵的手榴弹；更远一些的时候，在那个寒冷的冬夜，伟大的华盛顿领着没有鞋穿的士兵渡过冰封的特拉华河，创造了历史……"

"定标一千五百米，放！"

"我命令，销毁文件和非战斗辎重……"

"定标一千二百米，放！"

帕克将军戴上钢盔，穿上防弹衣，并把那支9毫米口径手枪别在左腋下。这时，榴弹炮的射击声沉默了，炮手正把手榴弹填进炮膛中，接着响起了一阵杂乱的爆炸声。

"全体士兵，"帕克将军看着已像死亡屏障一样在他们面前展开的俄罗斯坦克群说，"上刺刀！"

战场的浓烟后面，太阳时隐时现，给血战中的雪野投下变幻的光影。

终极爆炸 / 王晋康

第 2.5 次世界大战

对一个人的了解，也许两年的相处比不上一次长谈。在去往特拉维夫的飞机上，以及在特拉维夫的伯塞尔饭店里，一向冷漠寡言的司马完与史林有过一次长谈。这次谈话使史林心中燃起了对司马老师深深的敬畏。他有点儿后悔不该向国家安全部告密自己的老师——说告密其实是过分的自责，不大恰当。史林并没有（主动）告密，而是在国安部向他了解司马完的近情时，没有隐瞒自己对司马完的怀疑。不过，他的陈述不带任何个人成见和私利，完全出于对国家和民族的忠诚。对此，他并没有任何良心上的负担。

但在此次长谈后，史林想，也许自己对司马老师的怀疑是完全错误的。这么一位完全醉心于"宇宙闪闪发光的核心机制"的科学家，绝不可能成为敌国的间谍。

当然，国安部对司马完的怀疑也有非常过硬的理由。单是他们向史林透露的只言片语，就足够可怕了。史林想来想去，始终无法得出确定的结论。

史林来到北方研究所后就分到司马完手下，研究以"核同质异能素"为能源的灵巧型电磁脉冲炸弹，至今已经两年半了。当年史林以优异成绩从物理系毕业，可没想到会舍弃科学之神而为战神效劳。史林一心想做个超一流的理论物理学家，这个志愿从少年时代就深植于心中，成了他毕生的追求。初中一年级时，他看过一本科普著作《可怕的对称》，作者是美国理论物理学家阿维·热。阿维·热也许算不上一流的科学大师，但绝对是一流的传教者，以生花妙笔传布了对科学之神的虔诚信仰。

阿维·热在书中说，宇宙是由一位最高明的设计师设计的，基于简单和统一的规则，基于美和对称性。宇宙的运行规则更像规则简约的围棋，而不像规则复杂的橄榄球。他说，物理学家就像是完全不知道规则的观棋者，经过长时期的观察、思考、摸索、失败，已经敢小小地吹一点牛了，已经敢说他们大致猜到了上帝设计宇宙的规则，即破解宇宙的终极定律，或终极公式。

这本书强烈地拨动了史林的心弦。他很想由自己来踢出这制胜的一脚。

按阿维·热的观点，对宇宙运行规则的研究现在已经大致到瓜熟蒂落的时候了。那么，如果能由一个中国人来完成宇宙终极理论的建构，倒也不错，算得上有始有终。宇宙诞生的理论，马虎一点，可以说是由一位中国人——即老子——在两千年前最早提出的。他在《道德经》第四十二章中说："道生一，一生二，二生三，三生万物。"翻译成现代语言就是：宇宙万物是按某种确定的规律生成的，并且是单源的。他还写道："万物生于有，有生于无。"这正是今天宇宙学家的观点——宇宙从"无"中爆炸出来。真是匪夷所思啊！一个两千年前的老人，在科学几乎尚未启蒙之时，他怎么能有这样的奇想？

史林的志向是狂了一点，但也不算太离谱。可惜他生不逢时，毕业时，第三次世界大战——或者如后代历史学家命名的"2.5次世界大战"，已经越来越近了。国家正在为战争而全力冲刺，所有的基础研究被暂时搁置。史林因此没能去科学院，而是被招聘到这家一流的武器研究所。

对此，史林倒没有什么怨言。在他醉心于宇宙终极理论时，他的精神无疑是属于全人类的。但这个精神得有一个物质的载体，而这个肉体生活在尘世之中，隶属于某个特定的国家和民族。既然如此，他就会诚心诚意地履行一个公民的义务。

他向国家安全部如实陈述自己对司马老师的怀疑，也正是基于这种义务（社会属性），而不是缘于他的本性（人格属性）。

司马完是一位造诣极深的高能物理学家，专攻能破坏信息系统的电磁脉冲炸弹。在此领域中，他是中国乃至世界的一流高手。中国已经为这场无法避免的战争作了一些准备。鉴于美国在军事上的优势和中国的军工基础，中国的对策是大力发展不对称战力，比如信息战战力。在这些特定领域中，中国已经赶上甚至超过了美国。而在这个领域中执牛耳的司马完，自然是一个国宝级的人物。

司马完今年五十岁，小个子，比较瘦，外貌毫不惊人。他的妻子卓君慧个子比丈夫高一些，非常漂亮，高雅雍容，具有大家风范。她今年四十五岁，但保养得很好，只像三十几岁的人。与她交往，有如沐春风的感觉。

卓君慧是位一流的脑科学家。现代脑科学大致上有两个分支，一个分支偏重于哲理性，研究神经元如何形成智慧，如何出现自我，或者探讨人类作为观察者能否最终洞悉自身的秘密（不少科学家认为：人类绝不能完全认识自身，从理论上说也不行，因为"自指"就会产生悖逆和不决），等等；另一个分支则偏重实用性，研究如何开发深度智力，加强左右脑联系，增强记忆力，研究老年病症的防治等。两个分支的距离不亚于牛郎星与织女星，但卓君慧在两个分支中都游刃有余，她甚至在脑外科手术中也是一把好刀。

他们有一个十九岁的儿子，那小子是个"不肖子"，一个狂热的新嬉皮士，信仰自由、爱与和平。他很聪明，虽然从不用功，但还是轻松地考进数学系。他与史林是相差五届的系友。这小子在大学里仍不怎么学习，只要考试能上六十分，绝不愿在课堂多待一分钟。司马夫妇对他比较头疼，这算是这个美满家庭中唯一不尽如人意的地方吧！

中航的 A380 起飞了，这是二十年前正式投入运营的超大型客机，双层，标准载客五百五十五人。现在飞机在平流层飞行，非常平稳。透过飞机下很远的云层，能看到连绵的群山，还有在山岭中蜿蜒的长城。他们这次一行三人——司马夫妇和史林。司马完和史林是去以色列两个武器研究所做例行工作访问。这些年来，他们和以色列同行保持着融洽的关系；卓师母则是去特拉维夫的魏茨曼研究所，那儿是世界著名脑科学的重镇，有一台运算速度为每秒百万亿次的超大型计算机，专门用于模拟一百四十亿人脑神经元的缔合方式。据说爱因斯坦的大脑现在已经"回归故里"（指他的犹太人族籍而不是他的瑞士国籍），在这个研究所受到精密的研究。卓师母常来这里访问，史林三次来以色列都是和司马老师、卓师母同行。

史林走前，国家安全部的洪先生又约见了他。这次会见没什么实质内容，洪先生只是再三告诫他不要露出什么破绽，仍要像过去一样与司马相处。

"司马先生是国宝级的人物，对他一定要慎重再慎重。当然，"洪先生转了口气，"也应该时刻竖起耳朵，注意他的行动。如果能洗脱他的嫌疑，无论对他个人或者对国家都是幸事。"

洪先生希望在此行中，史林能以适当的借口，始终把司马"罩在视野里"，但前提是不能引起司马的怀疑。史林答应尽量做到。

司马夫妇坐在头等舱，史林在普通舱下层，不能时刻把司马完罩在视野中；他有点儿担心——也许就在那道帷幕之后，司马完正和某个神秘人物进行接头？就在他想办法如何接近司马完时，卓师母从头等舱出来了，走到史林的座位前，轻声说："你这会儿没有事吧？老马（她总是这样称呼丈夫）想请你过去，谈一点儿工作之外的话题。你去吧，咱俩换换座位。"

史林过去了。司马完用目光示意史林在卓君慧的座位上坐下，又唤空姐为史林斟上一杯热咖啡。史林忖度着司马老师今天会谈什么"工作之外的话题"。

司马完开门见山地问："听说你有志于理论物理，宇宙学研究？"

"对。我搞武器研究是角色反串，暂时的。战事结束后我肯定会回本行。"

司马完有点儿突兀地问："你是否相信有宇宙终极定律？"

史林谨慎地说："我想，在地球所在的'这个'宇宙中，如果它在时间和空间上是有限的——这已经是大多数理论物理学家的共识——那么，关于它的理论也就应该有终极。"

司马完点点头，说："还应该加一个条件：如果宇宙确实是他——上帝——基于简单、质朴和优美的原则建造的。"

史林激动地说："对这一点我绝对相信！当然没有人格化的上帝，但我相信两点：一是宇宙只有一个单一的起源；二是它的自我建构一定天然地遵循一个最简单的规则。有了这两点，就能保证你说的那种质朴和优美。"

司马完赞赏地点点头，沉默了一会儿。史林也沉默着，不知道司马完还会谈什么。司马完忽然问："你的 IQ 值是一百六十？"

史林不想炫耀自己，有点儿难为情地说："对，我做过一次测定，一百六十。不过，我不大相信它，至少是不大看重它。"

司马完皱着眉头问："不相信什么？是 IQ 测定的准确性，还是不相信人的智力有差异？"

"我指的是前者。智商测定标准不是普遍适用的。一个智商为六十的弱智者也可能是个音乐天才。至于人与人之间的智力差异，那是绝对存在的，谁说没有差异反倒不可思议。"

"IQ 的准确与否是小事情，不必管它。关键是——是否承认天才。我就承认自己是天才，在理论物理领域的天才。承认天才并不是为了炫耀，而是认识到自己的责任。老天既然生下爱因斯坦，他就有责任发现相对论，否则他就是失职，是对人类犯了渎职罪。"

史林听得一愣。从来没有听过对爱因斯坦如此"严厉"的评判，或者说是如此深刻的赞美，他觉得很新鲜。从这番话中，他感受到司马完思维的锋利，也多少听出一些偏激的意思。他想，天才大都这样吧！

"我知道你也是个天才。我观察你两年多了。"司马完说得很平静，不是赞赏，而是就事论事，就像说"我知道你的体重是一百六十斤"一样，"也知道你一直没放弃对终极理论的研究，并用业余时间一直在做这方面的研究。你想由一个中国人来揭开上帝档案柜上的最后一张封条。我没说错吧？"

史林感动地默默点头。他没想到司马老师在悄悄观察他。对他而言，探索宇宙终极理论已经成了此生的终极目的，这种忠诚融化在他的血液中，今生不变。所以，司马老师的话让他觉得亲切，有一种天涯知己的感觉——不过他马上提醒自己：不要忘了国家安全部的嘱咐，对司马老师时刻都得睁着"第三只眼睛"。

"其实我也一直致力于此，比你早了二十年吧。你不妨说说近来的思考、进展或者疑难，也许我能对你有所帮助。"

司马老师说得很平淡，但透出不事声张的自信。

史林思考片刻，说："我想，要解决终极理论，还得走阿维·热所说的对称性的路子。德国女数学家艾米·诺特尔以极敏锐的灵感，指出大自然中守恒量必然与某种对称相关。比如她指出：如果物理定律不随时间变化（相对于时间对称），能量就守恒；如果作用量不随空间平移而变化，动量就守恒；如果不随空间旋转而变化，角动量就守恒。司马老师，这些守恒定律我在初中就学过了，但从来没想到它们的对称本质！诺特尔的洞察力是人类智慧的一个极好例子，简直有如神示，给我以极深刻的印象，让我敬畏和动情。我对她崇拜得五体投地。"

史林说得很动情。司马完没有插话，只是面无表情地点点头。

"爱因斯坦非常深刻地理解这一点——上帝对宇宙的设计必定由对称性支配。他能完成相对论，就是因为他善于从浩繁杂乱的实验事实中抽取对称性。比如，在那么多有关引力的事实中，他只抽取了最关键的一个守恒量，就是所有物体，不管轻重，不管它是什么元素，都以同样的速度下落。这就导致他发现了一种对称：均匀引力场与某个数值的加速运动完全等效。爱因斯坦称，这对他来说是一次'非常幸福的思考'，从那之后，广义相对论就呼之欲出了。"史林说完，忽然觉得有点儿不好意思，在司马老师面前说这些无疑是班门弄斧，"这些历史你一定很清楚。我对它们进行回溯，只是想说明，我对终极理论的研究一直是走这条对称性的路子。"

司马完微微点头："我想你的路子不错。有进展吗？"

"还没有。引力还是没法进行重整，不能与其他三种力合并到一个公式中。"

司马完沉默了一会儿，说："对称性的路子肯定不会错的，但你是否可以换一个角度？当年，爱因斯坦没能完成统一场论，是因为那时弱力和强力还没有被发现。那么，今天物理学界在终极理论上举步维艰，是不是因为仍然有未知力隐藏于时空深处？我相信物质层级不会到夸克和胶子这儿就戛然而止，应该有更深的层级。当然，随着粒子的尺度愈接近普朗克长度（1.6×10^{-33} 厘米，夸克是 10^{-21} 厘米），粒子实体或物质层级就会愈模糊、虚浮、互相粘连；相应的，研究它们就会越来越难，最终干脆不可知。不过，我们并不需要完全了解。门捷列夫也不是在了解所有元素后才建立周期律的。他只推断出元素性质跟重量有关，并呈周期性变化就行了，这是个比较复杂的周期，取决于最外电子层可容纳的电子数。但只要发现这个'定律之核'，周期律就成功了。"

这番见解让史林颇受震动。他说："老师，你说得很对，我也相信你所抽提的脉络。不过，我一直没能发现有关宇宙力的那个'核'。那个核！只要抓住这个核，终极理论就会在地平线上露头了。"

史林企盼地看着司马完。直觉告诉他，也许司马老师手里就握着这把钥匙。不过，他同时又认为这是不可能的，如果司马老师已经有所突破，绝对不会藏在心里而不去发表，更不会在这样的闲聊中轻易披露，要知道，这是多少人梦寐以求的成功！对这样的成功来说，诺贝尔奖是太轻太轻的奖赏。不会的，司马老师不会握有这把钥匙。不过，他无法排除这种奇怪的感觉——对于宇宙终极真理，司马老师的神情完全成竹在胸。

司马完看着舷窗外的天空，平淡地说："以往的终极研究都是瞄着把宇宙几种力统一。实际上，力的本质是信使粒子的交换，就像光子的交换形成电磁力，引力子的交换形成引力，介子的交换形成弱力等。所以，力的本质就是物质，换一个说法而已。而物质呢，不过是空间由于能量富集所造成的畸变。这么说吧，力、物质、能量这些都是中间量，是可以撇开的。宇宙的生命史从本质上说只是两个相逆的过程：空间从大褶皱（如黑洞）转换为小褶皱，冒出无数小泡泡，又自发地有序组合；然后，又被自发地抹平。其中，空间形成褶皱是负熵过程（这点不难理解，按质能公式，任何粒子的生成都是能量的富集化）；空间被抹平则是熵增。你看，这又是艾米·诺特尔式的一个对应：宇宙运行相对于时间的对称性，对应于空间畸变度的守恒。"他把目光从窗外收回，看了看史林，"你试试吧。沿着这个思路——抛开一切中间量，直接考虑空间的褶皱与抹平——也许能比较容易得出宇宙的终极公式。"

　　司马完朝史林点点头，结束了谈话，闭目靠在座椅上。他已经看见了史林的激动，甚至可以说是狂热。史林感觉到了"幸福的思考"，就像爱因斯坦坐电梯时因胃部下沉而感受到引力与加速度等效；像麦克斯韦仅用数学方法就推导出电磁波恰恰等于光速；像狄拉克在狄拉克方程的多余解中预言了反粒子……所有的顿悟对科学家来说都是最幸福的，而这次的幸福更是幸福之最，它是真理的终极，是对真理探索的最完美的一次俯冲。

　　史林的目光在燃烧，血液沸腾了。眼前是奇特优美的宇宙图景，是宇宙的生死图像——

　　一个极度畸变的空间，光线被锁闭在内部，无法向外逃逸；连时间也被锁死，永久地停滞在零点零分零秒。然后，它因偶然的量子涨落爆炸了，时间由此开始。空间暴涨，单一的畸变在暴涨中被迅速抹平，但同时转变为无数的微观畸变。空间中撕裂出一个个小泡泡，它们就是最初层面的粒子。泡泡以自组织的方式排列组合，形成夸克和胶子，再粘结成轻子、重子、原子、分子、星云、星体、星系。星体在核反应中抛出废料，形成行星，某些行星上的"太初汤"再进行自组织，生成有机物、有机物团聚体、第一个 DNA、简单生物，等等。这个负熵过程的高级产物之一就是人，是人的智慧和意识……

　　但同时，随着氢原子聚合，恒星向太空倾倒光与热，一只看不见的手又在轻轻抹去物质的褶皱，回归平滑空间。这个熵增过程是在多个层级上进行的；不过，局部的抹平又会导致整体的空间畸变，于是黑洞（奇点）又形成了。空间的畸变和抹平最终构成了宇宙史。

史林完全相信，只要抽出这个艾米·诺特尔式对称，宇宙终极公式也就不远了。它一定非常简约质朴，像爱因斯坦的质能公式一样优美。激动中，他竟然有些气喘吁吁。这会儿，他把国安部洪先生的交代完全抛到脑后了。他虔诚地看着司马老师，等他往下说，但司马完似乎已经把话说完了。

过了一会儿，史林不得不轻声唤道："老师？"

司马完睁开眼看看他。

"老师，你的见解极有启发性。我想，你离成功只有一步之遥了，为什么还没得出最终结果？"

司马完淡然说："也许是我的才智不够。这也是个悖论吧——要想破解这个最简约的宇宙公式，可能需要超出我这种小天才的超级天才。"

史林有些失望，也免不了兴奋（带点儿自私的兴奋）——如果司马老师没有完成，那自己还有戏。他沉默一会儿，说："可惜，这样的公式即使被破译，恐怕也很难检验。物理学家和玄学家的区别，是物理学家有实验室，而且所做的实验必须有可重复性。但唯独物理学中的宇宙学例外：宇宙学家倒是有一个天然的大实验室——宇宙，但没人能看到实验的终点，更无法把宇宙的时间拨到零点，反复运行，以验证它的可重复性。"

"谁说不能验证？只要是真理，就应该得到验证，也必然能验证。"司马完不屑地说，"我知道有类似的论调，说宇宙学是唯一不能验证的科学。不要信它！总有办法验证的，即使不是直接验证，也是很有说服力的间接验证。"

史林望着司马完，依他的感觉，司马老师不但对终极定律成竹在胸，而且对如何验证也早有定论。他真希望老师能把这个"包袱"彻底抖出来。非常不巧，飞机马上要降落了，空姐走出来，让乘客回到自己的座位，系上安全带。卓君慧从普通舱回来，她看出这次谈话对史林的触动显然很大，因为史林是恋恋不舍地离开头等舱的，并一直陷在沉思中。

地中海的海面在舷窗外闪过，特拉维夫机场的灯光在迎接他们，飞机降落了。他们出了机场，随即坐出租车来到伯塞尔饭店。饭店依海而建，窗户中嵌着地中海的风光，非常美丽；位置又比较适中，离他们要去的三个研究所都不远。前两次史林陪司马老师和师母来时，也是下榻在这个饭店。

在前两次同行中，史林对司马老师产生过怀疑，因为老师在特拉维夫的行为多少透着古怪。史林的怀疑不大清晰，只是想想而已。不过，国家安全部官员的那次到来，把这些怀疑明朗化，也强化了。所以，即使史林因这次长谈而对司马老师相当敬畏，也不能完全抵消他内心对司马老师的怀疑。从住进伯塞尔饭店起，史林就时刻"竖着耳朵"观察老师的动静。

半个月前的一天，北方研究所吕所长（他的军衔是少将，在国内外军工界是一个大人物）让秘书把史林唤到办公室。屋里还坐着一个人，着便衣，但有明显的军人气质，四方脸不怒而威，打眼一看就是个相当级别的人物。那人迎上来和史林握手，请他在沙发上落座。吕所长介绍："这是国家安全部的领导，姓洪，想找你问一些情况，你要全力配合。"吕所长说完就走了，并小心地带上了门。

史林心中免不了忐忑，单看吕所长的态度，就知道今天的谈话一定相当重要。洪先生先和颜悦色地扯了几句家常，问史林哪个学校毕业，来所里有几年，一直跟谁当助手，等等。史林知道这些话只是引子，既然国安部找到自己，自己的情况他一定事先调查清楚了。然后，洪先生慢慢把谈话引到司马完身上。史林谨慎地回答说：他来这儿时间不长，对司马老师非常敬佩，老师专业造诣极深，工作也非常敬业。不过，他们没有多少工作之外的接触，只是应卓师母之邀去赴过两次家宴。

洪先生不停地点头，说："这位司马老师可是国宝啊，是列在国家安全部重点保护名单上的。我们的保护是百倍小心，不容出任何差错的，所以想找你来了解一下，看他有没有什么心理上的问题，身体上的问题，等等。你不要有什么顾虑，尽可直言不讳。"

虽然洪先生的话很委婉，史林也不会听不出话外之音。史林断定，洪先生既然来找他了解司马完，肯定有什么重要原因。他犹豫片刻，决定对国安部应该实话实说："我没发现什么问题，只有一点，不知道算不算异常。他在以色列工作访问时，总有两三天不见踪影。我陪他去过两次特拉维夫，都是这样。据他说是陪妻子去魏茨曼研究所，那是个综合性的研究所，以脑科学研究为强项，所以，卓师母去那里是正常的，但司马老师去干什么，我就不清楚了。我原来以为，也许这牵涉到什么秘密工作，是我这样级别的人不该了解的，所以我一直没有打探过。"

洪先生听得很认真："还有什么情况吗？"

"没有了。"史林想想又补充道，"我们去特拉维夫的工作访问一般不会超过一星期，所以，单单为了陪妻子而耽误两三天时间，这不符合司马老师的为人。"

洪先生赞赏地点点头，这才说出来这儿的用意："谢谢你小史。我来之前对你做过深入了解，吕所长说你是一个完全可以信赖的年轻人。今天我找你来，是有一个重担要交给你。"史林听出了问题的严重性，屏息聆听，"我们对司马先生非常信任，非常器重，他对国家的贡献是有目共睹的。但不久前一次例行体检中，发现他脑中有异物。"

史林极为震惊！他瞪大眼睛看着洪先生。对方点点头，肯定地说："没错，确定有异物，是在头部正上方，穿透头盖骨，向下延伸到胼胝体。异物的材质看来是某种芯片，或其他电子元件，我们还没机会确认。"

史林瞠目结舌。说震惊是太轻了，完全是惊骇欲绝。有异物！在一个国宝级的武器科学家脑中！在战争阴云越来越浓的特殊时刻！他觉得，洪先生宣布的事实，就像是阴河里的水，漫地而来，让他不寒而栗。

他说："你是说他被……"

"对，我们担心他被别人控制，被敌人控制，在他本人并不知情的情况下。所以……"洪先生摇摇头，没把这句话说完。

史林下意识地轻轻摇头。这事太不可思议，他实在不愿相信。他想劝洪先生再去认真复核，不要把事情搞错。当然，他知道这个想法太幼稚。对一个国宝级的人物，来人又是国安部的重要官员，肯定不会贸然行事的。但……脑中有异物！受人控制！这实在太诡异。

洪先生问："你是否知道，司马先生在魏茨曼研究所接触的是什么人？"

"不清楚，他从不在我面前谈论那边的事，卓师母也不谈。"

"那么，司马先生的行为是否有异常？比如偶然的动作僵硬，表情怔忡，无名烦躁，等等。如果他真受到外来力量的控制，应该会表现出一些异常。"

史林认真回忆一会儿，摇摇头："没有，从来没发现过。"

"那好吧，今天就谈到这儿，以后请你注意观察，但不要紧张，不要在他面前露出什么。现在，既然知道司马脑中有异物，那么一切都已在控制之中了，不会出大娄子。"

洪先生说得轻描淡写，但史林清楚，这些安慰恐怕言不由衷。

史林突然问道："你说是在对他例行体检时发现的，那么上一次的体检是什么时候？"

洪先生看看史林，心想这年轻人确实思维敏捷，糊弄不住的。他叹口气："是去年2月10号。你说得对，这个异物可能是去年2月10号后就被植入了，而我们到今年2月才发现。如果是那样，他就有近一年的时间处于我们的控制之外。如果真的……能泄露的军事机密也该泄露完了。"他摇摇头，"不管怎样，我们要尽快查个水落石出，这也是为他本人负责。"

到达特拉维夫后，他们三人照例访问了以色列军事技术公司（IMI），第二天又访问了迪莫纳核研究所。访问中明显可以看到战争阴云的影响。以色列同行们虽然还是谈笑自若，但能看出他们内心深处的疏远和提防。

卓师母这两天一直陪着他们，她的美貌高雅、雍容大度是有效的润滑剂，让双方已经生涩的交往重新变得融洽了些。那些研究杀人武器的男人都愿意和她交谈。但史林却心情复杂。在和国安部洪先生的那次谈话中，有一点洪先生避而不提，史林当时也没想到。但随后他想到了，那就是：卓师母是否知道丈夫脑袋中的异物。作为夫妻，终日耳鬓厮磨、同床共枕，她应该能发现丈夫脑袋上的异常吧？如果知道——她在其中扮演什么角色？是同谋还是包庇犯？如果不知道——她与之同床共枕的男人竟然是个受他人控制的"机器人"，而她却一无所知？

史林对师母很尊敬，无论是哪种情况，史林都觉得万分恐怖，为她感到心痛。

第三天正好是犹太新年，即逾越节，司马夫妇的一位老朋友——IMI 的一位高层主管胡沃德·卡斯皮邀三人去他的私人农场玩。卡斯皮二十年前曾任以色列军工司司长，在这样一个相对微妙的时刻，这种邀请显然不是纯粹的私谊。四人乘坐着卡斯皮的大奔出城。他的私人农场相当远，已经接近加沙了。临近中午时，他们到达农场，卡斯皮夫人已经准备好饭菜，笑着说："欢迎来到我的农场。能在逾越节招待尊贵的客人，我非常高兴。"

餐桌上堆着烤羊肉、苦菜和未发酵的面包，这是逾越节的传统食品，是为了纪念当年犹太民族逃离埃及的历史。午饭中，大家有意识地"不谈国事"，而是高高兴兴地闲聊着。

饭后，卡斯皮带客人们参观了他的农场，随后他领客人回到客厅，他的夫人斟上咖啡后就退出去了。客人们知道，真正的谈话就要开始了。

卡斯皮脸色凝重地说："恐怕咱们之间的交往不得不中断了。原因你们都知道的：战争。关于战争的正义性我不想多说，各国政治家都有非常雄辩的诠释，但我想倒不如一个浅显的比喻实在。这是一场资源之战，就像一群海豹争夺唯一的可以换气的冰窟窿。先来的海豹要求维持旧有秩序，后来的说，你们占了这么久，轮也该轮到我们了！谁对？可能后来者的要求多了一些正义，但考虑到换气口对先来者同样生死攸关，他们的强占也是可以原谅的。尤其是，如果换气口太小而海豹个数太多，即使达成完全公平的分配办法，也不能保证所有海豹的最基本需求，那就只有靠战争来解决了。你们如果最终走进战争，那是为了自己民族的生存，我敬重你们，至少是理解你们。"

司马完说："谢谢。战争确非我们所愿，甚至当一个武器科学家也违反了我的本性。我总忘不了美国的一个科学家班布里奇的话。他在参与完成了第一颗原子弹的成功爆炸后，痛心疾首地对奥本海默说：'现在，我们都是狗娘养的了！'他又摇了摇头说，'可是，总得有人干这种狗娘养的事。'"

卡斯皮用力点头，重复道："我能够理解，非常理解，甚至在道义上对你们的同情更多一些。但战争一旦爆发，以色列势必站在另一方。你们知道的，多年的政治同盟。而且，即使没有这些因素，"他盯着司马完，加重语气说，"我们也不能把宝押在注定失败的一方。"

这句话非常刺耳，史林有倒噎一口气的感觉——看着司马完夫妇，他们依然神色不为所动。

司马完平静地说："看来你已经预判了战争的输赢。"

卡斯皮的话毫不留情："我知道这些话很不中听，但我还是要说，作为朋友我不得不说。这些年中国国力大增，按 GDP（以平价购买力计算）来说已经是世界第一经济体。但你们的军事力量呢。当然，你们也大力发展了不对称战法，在某些领域，比如你主持的电磁脉冲武器就不亚于美国。但这改变不了整体的战争情况。我曾接触过一些中国军方人士，他们说，中国十四亿民众和广袤的国土，足以让任何侵略者深陷战争的泥沼。我绝对相信这一点，但问题是美国军方也绝对相信这一点！经历了多次局部战争后，他们已足够精明。所以，我估计，这次战争不会以占领土地和消灭有生力量为主，而是采取远程绞杀战和点穴战，重点破坏你们的石油运输、电力、通信、交通等设施，直到中国经济被慢慢扼死。这不是第三次世界大战，是 2.5 次世界大战。"

这是史林第一次听到这个名词，后来它成了历史学家公认的名称，虽然并不是卡斯皮所说的理由。

司马夫妇沉默着，没有作任何表态，但听得很用心。卡斯皮继续说："坦率地讲，你们大力发展的不对称战法恐怕难以奏效。关键是：即使在这些领域你们也并不占绝对优势，因而改变不了你们的整体劣势。据我估计，战争中真正能实现的，反倒是对方的不对称战法，即在信息战、地面战、岸基海战等你们有均势或优势的领域；对方将只使用远洋打击力量、空中力量和天基打击力量等你们处于绝对劣势的领域，实行远程绞杀和精确点穴。你们对这种战法将毫无办法。"

司马完平静地听着，点了点头："你的分析很精辟。"

"一定要避免这场战争！请务必把我的话转达给贵国的高层。我算不上虔诚的和平主义者，以色列国是从血与火中建立起来的，我们不会迂腐到反对一切战争，但至少要避免必败的战争。说句我不该说的话吧，即使这场战争实在不可避免，也要尽量推迟。推迟十年，二十年，那才符合你们的利益。"

"谢谢你的诤言。我会转达的。"

卡斯皮摇摇头:"你刚才说到班布里奇的自责,使我想起俄国和美国两大枪族的鼻祖,卡拉什尼科夫和斯通纳。两人七十多岁时在美国第一次会面,见面时说:我们都是罪人,上帝的两群子孙拿着我俩发明的武器互相残杀。"

司马完叹息着,重复道:"狗娘养的职业。武器科学家就像是令人憎厌的行刑手,偏偏又是社会不可缺少的。不过,现在不少国家已经进步了,废除了死刑,也不需要行刑手了。但愿有一天不再需要武器科学家。咱们等着那一天吧。"

回到伯塞尔饭店后,史林心情相当抑郁。他太年轻,虽然对双方的军力一向都有基本的了解,但难免受偏见所蒙蔽。现在,卡斯皮为他们指出了一座阴森森的冰山,它横亘在必走的航线上,正缓慢且不可阻挡地向这边逼近。它是真实的威胁,不是海市蜃楼。没有任何办法躲开。

史林也有意地观察着司马夫妇的反应。不知道他们心境如何,至少表面上相当平静。也许他们对卡斯皮的谈话内容并不意外,他们早就认识到形势的严峻?晚上洗完澡后,史林来到司马夫妇入住的套房,卓君慧洗浴过后正在内室梳妆,对外边大声说:"是小史吗?你先和老马聊,我马上就出来。"司马完向史林点点头,仍自顾翻阅着法典。法典是英文版的,饭店中经常放有典籍,以供客人们翻阅或带走。司马完的翻阅显得心不在焉,史林想,他原来并非心静如水。史林坐下来,不服气地说:"司马老师,今天卡斯皮说得未免太武断。"

司马完淡淡地说："一家之言罢了。不过，他的分析确实很有
见地。"

"那我们怎么办？"

"尽人力，听天命吧。"

这个表态未免过于消极。史林心里不太舒服，沉默着。这会
儿，卓师母走了出来，说："明天咱们到魏茨曼研究所去，这恐怕
是战前最后一次了。小史，明天你也去。"

史林感到非常意外，因为过去两次陪司马夫妇来以色列，他
们从不提让史林去那个研究所，甚至在闲谈中也从不提它。史
林一直有一个感觉：司马夫妇总是小心地捂着那边的一切。今天
的态度变化未免太突然。他看看司马完，后者点头认可。卓君
慧对丈夫说："你也去洗洗吧，洗完早点休息，要连着绞两三天
脑汁呢！"

司马完"嗯"了一声，起身去卫生间。史林有点纳闷：她所
说的"绞两三天脑汁"是什么意思？按说，在魏茨曼研究所，应
该是卓师母去绞脑汁吧？那是她的本职工作。卓师母坐到沙发上，
和史林聊了一会儿。电话响了，她去接了电话，听见她声音柔柔
地说了很久，最后说："去吧，我和你爸都尊重你的决定。"

等卓师母放下电话过来，史林发现她神情有些黯然。

"儿子的电话。"卓师母说，"军队在大学征兵，他办了休学，
参军了。他说，中国之大，已经放不下一张安静的书桌。他的很

多同学都参军了。"

史林在老师家里见过这位晚五届的系友，印象不是太佳。但他没想到，这个表面上玩世不恭的小伙子原来是性情中人，一个热血青年。他钦佩地说："师母，他是好样的。如果我不是在搞武器，也会报名参军。"

卓师母叹口气："我和他爸爸都支持他的决定。当然，担心是免不了的，他年纪太小。"

"他到什么部队？"

"南方的一个长波雷达站。在那儿，他的专业多少有点儿用处。"

司马完在浴室里喊妻子，让她把行李箱中的电动刮胡刀拿过去。史林觉得自己继续留在这儿不合适，立即起身告辞。临走，那个念头又冒出来：终日与丈夫耳鬓厮磨的卓师母是否知道他脑中的异物？她不可能毫无觉察吧？史林想，国安部委派的工作真是难为自己了。现在，面对一向敬重的司马老师、春风般温暖的师母，还有他们满腔热血、投笔从戎的儿子，他真不愿意再扮演监视者的角色。

第二天，他们三人借用卡斯皮先生的大奔，由卓师母开着去往魏茨曼研究所。路上，史林有一个明显的感觉：睡过一觉之后，司马夫妇已经把卡斯皮那番沉重的谈话，以及对战争前景的担心完全抛在脑后，现在他们一心想的是去魏茨曼研究所之后的工作，有一种临战前的紧张和企盼，一种隐约的兴奋。一路上，夫妇俩人一直在进行简短的交谈，如："肯定是战前最后一次冲刺了。"或者："我估计这次会有突破。"他们的谈话不再回避史林，似乎史林突然也成了"圈内人"。史林没有多问，只是默默地听着，默默地揣摩着。

研究所在海边，是一幢不大的灰色四层小楼。门口没有设警卫，汽车长驱直入地开了进去，停在长有棕榈树的院内。小楼内部的建筑和装修相当高档，过往的工作人员都热情地和司马夫妇打招呼，看来与他们很熟络。三人来到一间地下室内，屋子比较封闭，里面有七张椅子，类似于牙科病人坐的那种可调节的手术椅，南墙上一个相当大的电脑屏幕。屋里已经有五个人，司马完夫妇同他们依次握手，同时向史林介绍他们的身份，其中有一些史林已经早闻其名。那个黄面孔、衣冠楚楚的男人叫松本清智，是日本东京大学物理系的主任。那个俄国人叫格拉祖诺夫，长得虎背熊腰，胡须茂密，堪称"北极熊"这个绰号的最好范本，他是俄国实验地球物理研究所的研究员。那个肥胖的中年男人是东道主，以色列人西尔曼。还有一位叫吉斯特那莫提，瘦骨嶙峋，衣着粗劣，令人想起印度电影中的弄蛇艺人。年纪最大的高个子是美国人肯尼思·贝利茨，满头白发，粉红色的手背上长满了老人斑。卓君慧说，贝利茨是这个"一六〇小组"的组长。

一六〇小组？史林疑惑地看着卓师母。卓师母笑着解释，这个研究小组完全是民间性质的，一直没有正式名称，在他们的圈内常戏称为一六〇小组，后来就这么固定下来了。起这个名字是因为，小组成员的 IQ 一般都不低于一百六十，都是世界上最杰出的理论物理学家。"不一定是最著名，但一定是最杰出的，比如那个印度人，是一个无业游民，完全靠自学成才，在物理学界内外都没有名望，但他的实力不在任何人之下。"卓君慧补充说。

这句介绍让史林掂出了这个小组的分量。他很困惑，不知道这几个人的集合与"脑科学"有什么关联。卓师母还介绍了第六位：电脑屏幕上一个不断变幻着的面孔。她说这是电脑亚伯拉罕，算是一六〇小组的第八个成员吧。

几个人都微笑地看着第一次与会的史林。司马完向大家介绍说，这是一个很有天分的年轻人，专业是理论物理，智商一百六十，是一个不错的候补人选。"我因个人原因即将退出一六〇小组，所以很冒昧地向大家引荐他，彼此先接触一下。当然，是否接纳他还要等正式的投票。"司马完转向吃惊的史林，"小史，请原谅我事先没有征求你的意见。反正是非正式的见面，究竟参加与否你有完全的自由。不过，我想你肯定会参加的，因为，"他难得地微微一笑，"这是向宇宙终极堡垒进攻的敢死队。"

宇宙终极堡垒！史林确实吃惊，没有想到司马老师会这么突然地把他推到这个陌生的组织内。他内心已经升腾起强烈的欲望。这些人中凡是史林闻知其名的，都是一流的宇宙学家或量子物理学家。各人主攻方向不同，但没关系的，正如阿维·热所说，在向宇宙终极定律的进攻中，科学的各个分支已经快会师了。

鉴于自己多年的追求，和深植于心中的宇宙终极情结，他当然十分乐意参加，甚至可以说，这是司马完老师对他的莫大恩惠。当然，想到国安部洪先生的话，他心中也免不了有疑虑。也许司马完突然给他的恩惠是别有用心？司马完随后的话使他的疑虑更加重了，司马完说："依照一六〇小组的惯例，你需要首先起誓：决不向外界透露有关一六〇小组的任何情况。无论最终是否决定参加，你都要首先宣誓。"

　　大家对新来者点点头，表示是有这样的程序。史林迟疑地说："只要这儿的秘密不危害我的国家。"

　　贝利茨摇了摇头："一六〇小组中没有国家的概念。我们的工作是以整个人类为基点的。"

　　史林犹豫着。人类——这当然是个崇高的字眼，但他知道人类利益和国家利益并非完全一致。很显然，人类内部有过多次战争，包括将要发生的战争，上帝的子孙们一直在互相残杀。在这样的情形下，怎能去奢谈什么单一的人类？

　　司马完看看他，冷静地说："你可以不起誓的，这样你就不会知道一六〇小组的内情；你也可以起誓，这样你将了解一六〇小组的内情，但不得向外人披露。对于国家安全部来说，这两种情况的最终结果是完全等效的。你选择吧。"

　　司马完似不经意地点出了国家安全部的名字，史林不由得侧过头看着他。司马完面无表情，卓师母安详地微笑着。史林想，看来他们已经知道了国家安全部与自己的那次谈话。史林飞快地盘算一下，果断地作出了选择。他想，如果一六〇小组中真有什么见不得人的秘密，他们不会把宝押在一个新人的誓言上的。于是，他郑重地说："我以生命起誓：决不向任何人透露有关一六〇小组的内情。"

屋里的人都满意地点头。贝利茨说："好的，现在进入阵地吧。这可能是战前最后一次冲刺，希望这次能得到确定的结论。"格拉祖诺夫笑着说："没关系，这次一定能撬开上帝的嘴巴。"

"开始吧！"

以下的进程让史林目瞪口呆。格拉祖诺夫先坐到可调座椅上，卓君慧过去，熟练地揭开他的一片头骨，里边弹出两个插孔，她拉过座椅旁的两根带插头的电缆，分别与两个插孔相连。计算机屏幕上，在亚伯拉罕的模拟人脸旁，立时闪出格拉祖诺夫的面孔，不，不是一个，是两个。两个面孔与"原件"相比有些人为的变形，且都左右对称，比如一个人左耳大而另一个右耳大，这大概是用来区分格拉祖诺夫的左右分身吧。它们在屏幕上对着大家做鬼脸。卓君慧依次为六个人做好同样的连接，更准确地说，是联机，十二个面孔依次闪现在屏幕上。

虽然很震惊，但史林在那一刻就猜到了真相。这是一种集体智力。六个大脑的胼胝体被断开，每人的左右脑独立，变成十二个相对独立的思维场，再分别与计算机联机，建成一个大一统的思维场。胼胝体是人脑左右大脑的连接，有大约两亿条通路。早期治疗癫痫时曾有过割断胼胝体的治疗方法，可以防止一侧大脑的病变影响到另一侧。大约在三十年前有人提出设想，说人脑的胼胝体实际是很好的对外通道，可以实现人脑之间，或人脑与电脑的联机，并戏言它是"上帝造人时预留的电脑接口"。

非常可喜的是：这种联机的结果并不是加法，大致说来，n个人脑的联机，其联合智力大约是单个人脑的10的n次方数量级。所以，这是一种非常诱人的技术。但因为它牵涉到太多的伦理方面的问题，没有了下文。没想到，一六〇小组已经不声不响地实行起来。现在，六个人脑的联机（先不算卓师母和电脑亚伯拉罕），其综合智力大致相当于106个人脑——也就是说，相当于一百万个一流的理论物理学家！在这么一个强大的思维机器前，还有什么问题不能解决呢？

史林苦笑着想，这就是国家安全部所怀疑的"脑中异物"啊！他们在大脑中插入异物，原来并不是为了当间谍，而完全出于非功利的思维。他佩服这六个人的勇敢，因为，不管怎么说，这有点"自我摧残""非人"的味道。

这会儿是司马完在进行联机，他不动声色地说："我的神经插头在上次体检时被外人发现了。我推测，国安部一定找你了解过我的情况。关于这一点你回国后尽可以向他们汇报，不算你违誓。"

原来司马完（和卓师母）心里早就像明镜似的，非常清楚别人对他们的监视。一时间，史林有种被剥光衣服的感觉。不过，这会儿他已经把什么"监视"抛到脑后了。那是世俗中的事情，而现在他已经到了天国，面前是六个主管宇宙运行机制的"天界政治局"常委，正在研究宇宙的最终设计。这也正是他毕生的追求，现在哪里还有闲心去管尘世中的琐事！

六人已经进入禅定状态，屏幕上的十三个面孔（包括电脑亚伯拉罕的）消失了，代之以奇形怪状的曲线和信息流，令人目不暇接。现在，屋里只剩下史林和卓君慧。卓师母帮六个人联完机，这才有时间对他解释。她说，这样的人脑联机，或者说集体智慧，是由贝利茨先生最先提议，由她帮助搞成的，唯一的目的，就是为了探求宇宙终极定律。正如司马完曾说的，"为了探求那个最简约的宇宙终极公式，需要超出人类天才的超级智慧"。

"你先在这儿坐一会儿，我也要进去了，是例行的巡视。"卓师母有点儿得意地说，"我可以说是这个智力网络的版主，负责它的健康运行。你耐心等一会儿，我很快就会回来的。小史，等我回来，也许我有话要跟你说。"

卓师母坐到第七张手术椅上，散开长发，把两手举到头顶，熟练地做好与计算机的联机，然后闭上眼睛。她的面部表情也被割裂，变得和其他六个男人一样怪异。史林看着她自我联机，再度受到强烈的冲击。原来，卓师母不仅知道丈夫的"异物"，她自己也是如此！很奇怪的是，史林可以接受六个男人的如此，却不愿相信卓师母也是这样。这位慈和明朗、春风沐人的女性，不应该和"脑中异物"扯到一块儿。

其实，史林对这种异物并无敌意，如果一六〇小组同意，他会很乐意地照样办理，只要能参与到对宇宙终极定律的冲刺中。所以，他对师母的怜惜就显得违反逻辑。

　　屋里很静，只有计算机运行时轻微的嗡嗡声。六个男人都处于非常亢奋的作战状态，面部变换着怪异的表情。大部分时间里，他们都闭着眼，有时他们也会突然睁开眼（一般只睁一只），但此时他们的目光中是无物的，对焦在无限远处。他们面颊肌肉抖动着，嘴角也常轻轻抽动，左手或右手神经质地敲击着手术椅的不锈钢扶手。大屏幕上翻滚着繁杂怪异的信息流，一刻也不停息，其变化毫无规则，非常强劲。六道思维的光流频繁地向终极堡垒冲击，从繁复难解的大千世界中理出清晰的脉络，这些脉络逐渐合并，并成一条，指向宇宙大爆炸的奇点。然后，思维波涛开始汹涌地拍击着，涌动于整个宇宙。

　　史林贪婪地盯着屏幕，盯着他们。他此时无缘体会对宇宙深层机理的顿悟，那种爱因斯坦所称的"幸福思考"。不过，透过六个人的表情，他已经充分感受到这个思维场的张力。而他暂时只能作壁上观，简直急不可耐了。

　　只有卓师母的面容相对平和，闭着眼，表情一直很恬静，不大显出那种怪异的割裂感。这当然和她的工作性质有关。她并不是和其他人一样冲锋陷阵，而是充当在战线之后巡回服务的卫生兵。屋中的安静长久地保持着，和宇宙一样漫无尽头。一直到吃中午饭时，卓师母才睁开眼睛，伸手去取自己头顶的插头。

卓师母取下插头后仍躺在椅子上，一动也不动。她的表情现在完全恢复"正常"了，不再左右割裂，但她似乎沉浸在深重的忧虑中，眉头紧蹙，默默地望着屋顶。史林清楚地感受到她的忧虑，但不知道原因。他想，是否是这个智力网络有什么问题？或者他们的集体思维没有效果？

卓师母起来了，从柜子中取出早就备好的食物，是装在软包装袋中的糊状物，类似于早期太空食品（后来的太空食品也讲究色香味，基本不再是糊状），并让史林帮她分发给各人。六个男人都机械地接过食品，挤到嘴中。在做这些动作时，明显没有中断他们的思维。六人都吃完了，卓师母把食品袋收回，从微波炉中取出两份快餐，递给史林一份。两人吃饭时，史林有数不清的问题想问卓师母，但一时不知道该问哪个；另外，他也不知道卓师母会不会向他透露核心秘密，毕竟他还没有被一六〇小组接纳。他问："师母，他们的探索已经到了哪个阶段？如果可以对我透露的话。"

卓师母平静且有点儿漫不经心地说："宇宙公式已经破解了，去年就成功了。"史林瞪大眼睛，震骇地望着师母，"非常简约、非常优美的公式。你如果看到它，一定会说：噢，它原来是这样，它本来就应该是这样！"她看看史林，"不过，在你正式加入之前，很抱歉我不能透露详情。它对一六〇小组之外是严格保密的，极严格的保密。"

这个消息太惊人了，史林难以相信。当然，卓师母是不会骗他的。他想不通的是，既然已经取得这样惊人的成功，换作他，睡梦中都会笑醒的，卓师母今天的忧虑又因何而来？小组又为什么不公布这个消息？沉思很久后，史林委婉地说："我上次对司马老师说过，宇宙学研究的最大难点是对于它的验证。这个终极公式一定难以验证吧？不过我认为，再难也必须通过某种验证，超越于逻辑思维之外的验证。"

卓师母轻松地说："谁说难以验证？恰恰相反，非常容易的，已经验证过了。"

"真——的？"

"当然。你想，在没有确凿的验证之前，一六〇小组会贸然喝庆功酒吗？"卓师母说，"虽然我不能向你披露这个公式，但讲讲对它的验证倒无妨。这会儿没事，我大略讲讲吧。"

史林已经急不可耐了，忘记了吃饭："请讲吧，师母，快讲吧。"

面对史林的猴急，卓师母笑了："别急，你边吃边听。这要先说说爱因斯坦的质能公式。不少教科书上说，质能公式的发现打开了利用核能的大门，其实这纯属误解，是一个旷日持久的误解。"

史林接过话头："对，你说得很对。质能公式是从分析物体的运动推导出来的，只涉及物体的质量（动量），完全不涉及核能或放射性。核能其实和化学能一样，都是某种特定物质的特定性质，只有少量元素才能通过分裂或聚变释放能量，大部分物质不行。

比如铁原子就是最稳定的，可以说，它是宇宙核熔炉进行到最终结果时的废料，它的原子核内就绝对没有能量可以释放。总归一句话：具有能释放的核能，并不是物质的普适性质。但根据质能公式，任何物质，包括铁、岩石、水、惰性气体，甚至我们的肉体，都应该具有极大的能量。"他又补充一句，"核能在释放时确实伴随着质能转换（铀裂变时大约有百分之一的质量湮灭），但那只能看作是质能公式的一个特例，不能代表公式本身。其实，化学反应中同样有质量的损失，只是数量极微。"

"对，是这样的。质能公式只是指出质量与能量的等效性，但并不涉及'如何释放能量'。那么你是否知道，有哪种办法可以释放普通物质中所内含的、符合质能公式的能量——可以称它为物质的终极能量？"卓师母补充道，"正反物质的湮灭不算，因为咱们的宇宙中并没有反物质，要想取得反物质，首先要耗费更多的能量。"

史林好笑地摇摇头："哪有这种方法啊，没有，绝对没有，连最基本的技术设想也没有。如果有了它，世界早变样了！噢，对了，我想起来了，某个理论物理学家倒是提出过一个设想：假设地球旁边有一个黑洞，我们把重物投进黑洞，使用某种机械方法控制其匀速下落（从理论上说这可以做到），那么，这个物体的势能就能转变为能利用的能量，其理论值正好符合质能公式的计算。"他笑着补充，"当然，这只是一个思维游戏，不可能转变为实用技术。"

"是否实用并不重要，关键看这个设想在理论上是否正确。我想它是正确的。这个设想中有两个重要特点，你能指出来吗？"

史林略思索片刻，说："我试试吧。我想一个特点是：这种能量释放和物质的种类无关，只和质量有关，所以它对所有物质都是普适的。对垃圾也适用，填到黑洞的垃圾将全部转换为终极能量，那位物理学家开玩笑说，这是世界上最彻底、最经济的垃圾处理方式。"

"还有什么特点？"卓师母提示道，"想想老马曾说过的'抹平空间褶皱'。"

史林的反应非常敏捷，立即说："第二个特点是：它是借助于宇宙最极端的畸变空间实现的，物质放出了终极能量，然后被黑洞抹平自身的'褶皱'，消失在黑洞中。"

卓师母赞许地点头："不错，你的思维很敏锐，善于抓关键，你老师没看错你。"

史林心潮澎湃。他在阅读到这个设想时，只是把它当成智力游戏，一点也没有引起重视。但此刻在卓师母的提示下，他意识到：这个简单的思想实验也许正好显示了终极能量的本质。被投入黑洞的物质完成了它在宇宙中的最终轮回，被剃去所有毛发（抹去所有信息），不管它是什么元素，不管它是什么状态（固态、液态、气态、离子态，甚至是单独的夸克），都将放出终极能量，被黑洞一视同仁地抹平褶皱，化为乌有。但这和卓师母所说的"对宇宙终极公式的验证"有什么关系？

卓师母似乎知道他的思想活动，随即说："一六〇小组发现的宇宙终极公式，恰恰揭示了空间'褶皱'与'抹平'的关系。利用这个公式，就有办法让物质'抹平褶皱'，放出它的终极能量。所有的物质都可以，而且技术方法相当简单，比冷聚变简单多了。我们一般称它为终极技术。"

卓师母说得很平淡，但史林再次惊呆了。他激动地看着卓师母，生怕她是在开玩笑。他忽然脱口而出："这么说，冰窟窿可以扩大了，甚至可以无限地扩大！卓师母，那你们为什么还要保密？"他说的话没头没脑，但卓君慧完全理解。他是在借用卡斯皮的比喻：即将开始的资源之战就像一群海豹在争夺冰面上的换气口。是啊，现在冰窟窿可以无限扩大了，因为对资源的争夺首先集中在能源上，如果物质的终极能量能轻易释放，那么，人类的能源问题可以说就得到了彻底解决，以后，只要把社会运行中产生的垃圾、核废料等这么转换一下就行了。哪里还用得着打仗呢？

史林非常亢奋，喜见于色。卓君慧心疼地看看这个大男孩：他还是年轻啊，一腔热血，但未免太理想化。

她摇摇头："不行的，终极公式绝不能对外宣布。这是小组全体成员的决定。"

史林的亢奋被泼了冷水，不满地追问："为什么？到底是为什么？"

卓师母叹口气："我这就告诉你。不知道你是否知道文明发展的一个潜规则，虽然它并没有什么内在的必然性，但它一直是很管用的。那就是：当技术之威力发展到某种程度时，它的掌握者必然会具有相应程度的成熟。形象地说，就是上帝不允许小孩得到危险玩具。这么说吧，二战时，核爆炸技术没有落到希特勒和日本人手里，看似出于偶然，实则有其必然性，更不用说它绝不会落在成吉思汗手里。大自然中能有这条潜规则实在是人类的幸运，否则就太危险了。但一六〇小组的出现打破了这种潜规则。由于智力联网，小组所达到的科技水平远远超越时代，至少超越了五个世纪。反过来也就是说，今天的人类还不具备与终极技术相应的成熟度。"她强调着，"不，绝不能让他们得到这个危险的玩具。"

史林悟到这个结论的分量，但并不完全信服。他不好意思反驳，沉默着。卓君慧看看他："你不大信服这条潜规则，是不是？我们并不愿意隐瞒终极技术，不过很可惜，它还有一个……怎么说呢，相当怪异的、善恶难辨的特点，它使我刚才说的危险性大大增加了。"

"什么特点？"

"量子力学揭示，一个观察者会造成观察对象量子态的塌缩，也就是说，精神可以影响实在。这个观点有点儿神神鬼鬼的味道，爱因斯坦就坚决反对，但一百多年的科学发展完全证实了它。而且，这种精神作用并不是永远局限在量子世界中——那样给人的感觉还安全些——通过某种技巧，精神作用甚至可以影响到宏观世界，比如著名的薛定锷猫佯谬。这些观点你当然了解。"

"是的，我很了解，我一点儿都不怀疑。"

"问题是这种精神作用中的一个特例：当观察者的观察对象就是他本身时，这种'自指'会产生一种自激反应。把它应用到终极技术上，会得出这样一个结果：如果一个人想引爆自身会特别容易，可以借助于装在上衣口袋中的某种器具去实现。而普通物质终极能量的释放相对要复杂一些。"她看着史林，"你当然能想象得到，这意味着什么。"

史林当然能想象得到，不由得打了一个寒战。这就意味着，一旦终极技术被散播到公众中去，那对恐怖分子太有利了。他们今后甚至不用腰缠炸药，只用在上衣口袋中装上某种小器具，就可以自由自在地去他想去的地方，然后微笑着引爆自身。而且……这是怎样威力的人体炸弹啊！按爱因斯坦的质能公式 $E=MC^2$ 推导，一个体重六十公斤的人所产生的爆炸威力相当于一亿吨 TNT 炸药的威力！而美国扔在广岛的原子弹才一点三万吨！太可怕了，确实太可怕了。现在，史林完全理解了一六〇小组对终极公式严格保密的苦心。

卓君慧说："迄今为止，世界上只有七个人了解这件事。你是第八个。"

史林沉重地点头，他已经感受到了沉甸甸的责任。他也会死死地守住这个秘密，不向任何人透露——甚至包括国家安全部。随后他想到，卓师母今天主动向他透露这些秘密，恐怕是有所考虑的，也许是受一六〇小组的授意吧！这些秘密不会向一个"外人"

轻易泄露，那么，一六〇小组可能已经决定接纳自己。

　　对此史林没什么可犹豫的，虽然"脑中植入异物"难免引起一些恐怖的联想，有可能毁了他作为普通人的生活（也不一定，司马夫妇照旧生活得很好），但为了他从少年时代就深植于心中的宇宙终极情结，为了满足自己的探索欲，他愿意做出这样的牺牲。

　　卓师母又要进去巡回检查了。史林帮她插好神经插头。等她沉入那个思维场后，史林一个人坐在旁边发呆。卓师母指出的终极武器的前景太过可怕，与之相比，今天的核弹简直是儿童玩具了。因为人类所珍视、所保护、所信赖的一切：建筑、文物、书籍、野花、绿草、白云、空气、清水，甚至你的亲人、你的自身，都会变成超级炸弹。也许一连串的终极爆炸能引起地球的爆炸，半径六千千米的物质球在一瞬间就能被抹平，变成强光和高热，人类的诺亚方舟从此化为没有褶皱的空间，不留下任何痕迹。

　　话又说回来，如果终极能量的运用完全用于高尚的目的，那时人类文明的前景该是何等光明！这是最干净高效的能源。它的使用不会在系统内引起熵增，人类社会不但一劳永逸地解决了能源问题，连带着把最头疼的环境污染（本质是熵增）也解决了。

　　但谁能保证人类中没有一个恶人？没有一个谈笑间在学生教室里引爆自身的恐怖分子？就算在一万年后也不敢保证。由于人性之恶，技术之"善"与"恶"被交织在一起，永远分拆不开。于是，一六〇小组的成员们只能眼睁睁地看着已经到手的伟大发现而不能用，甚至还要处心积虑地把它掩盖起来。

史林沮丧地想，看来人之善恶比宇宙终极定律更为复杂难解。也许这就是一六〇小组的下一个终极目标吧——致力于人类灵魂的净化。

六个人的"智力攻坚"整整进行了两天。这两天中，卓师母曾四次进入思维场。那里一切正常，后来她就不再进去了。但她也不再和史林交谈，一直沉思着，眉间锁着很厚重的愁云。但究竟是为什么，史林不敢问。晚上，她和史林没去睡觉，倚在椅子上断断续续地眯了几次。那六个人则显然没有片刻休息，一直处于极为亢奋的搏杀状态中。第二天晚上七点，卓师母最后一次"进入"，半个小时后返回，对史林简短地说："快要结束了，他们已经太疲累了。这次不大顺利，看来仍然得不出结论。"

史林试探地问："他们在思考什么问题？既然终极公式已经得出来了。"

"终极公式可不代表终极问题。现在他们的进攻目标，其实是探究爱因斯坦曾经说过的一句话：'我真正感兴趣的是，上帝能否用别的方法来建造世界。'换言之，如果我们这个宇宙灭亡后还会有'下一个'宇宙，或者在我们这个宇宙'之外'还有另外的宇宙——只是象征性的说法，实际上，宇宙灭亡后，连时间空间都不存在——我们的公式在那儿是否还管用。"卓师母微笑道。

"你一直强调对真理的验证，但这一个问题能否验证，还真的很难说。因为，对它的研究很难跳出纯粹的逻辑推理。要知道，依靠一六〇小组的超级智力，提出几种能够自洽的假说并不难，难的是设计出验证办法。"她补充道，"而且必须要在'这个宇宙'之内对'宇宙之外'的事情做出验证。这个问题甚至比破解终极公式更难一些。他们正在做的就是这件事。"

"你说他们这次的进攻没有成功？"

"嗯。"

史林笑了："这对我其实是个好事，总不能把事做完了，得给我留一个吧！"

卓师母会心地笑了，但没有往下说，因为贝利茨先生已经举手示意要结束了……卓师母走了过去，动作轻柔地为他们拔下神经插头，再互相对接，把那块头骨按平。六个人依次从椅子上起身。他们割裂的面容都恢复了正常，但都显得非常疲惫，入骨的疲惫。看来，连续两天的绞脑汁把他们累惨了。他们略定定神，贝利茨笑着说："别急，等下一次吧。上帝一百五十亿年才完成的东西，咱们想撬开它，不能太性急。"

这边茶几上卓君慧已经摆好了食物，这次不是瓶装流食，而是三明治、五香牛肉、羊肉（印度人不吃牛肉）、火鸡肉、饮料等，六个饿坏的人立即围上去，大吃大嚼起来。

尽管今天的探索失败了，但是他们丝毫不显沮丧，餐桌上反倒欢快不已。探索本身就是幸福，也许其过程比结果更幸福。史林非常理解这一点。他真想立即加入到这个小组中去——当然，与渴望伴随的还有对终极武器的恐惧，同卓师母谈话后，这样的恐惧已经如附骨之疽，摆脱不掉了。司马完看看史林，对妻子说："你对小史介绍了吧？"

"嗯，该介绍的我都说了。"

贝利茨温和地说："史先生，你考虑一下，如果愿意加入一六〇小组，就提出一个正式申请，我们将在下次聚会时表决。"

"谢谢，我马上会提出申请。"

贝利茨没有问司马完为什么要退出一六〇小组，他对此有点儿困惑。凡是加入一六〇小组的人，都把这种无损耗的智力合作、这种对终极真理的孜孜探索，当成了人生第一需要，当成了人生快乐的极致。所以，不是出于非常重大的原因，没有人会愿意退出小组的。当然，他没有问，其他人也都没有问，这属于个人的隐私，个人的自由。

七个人中间，只有卓君慧知道丈夫这个决定的深层原因。并不是丈夫告诉她的，司马完甚至对自己的妻子也守口如瓶。但卓君慧早就发现了丈夫的心事，半年前就发现了。在刚才的巡回检查中，当七个人的思维形成无边界的共同体时，卓君慧曾悄悄叩问了丈夫的潜意识。她的叩问非常小心，正致力于智力搏杀的司马完一点儿也没有觉察到。她甚至还悄悄叩问了其他几个人的潜意识，他们同样没发现。当六道思维大潮汇聚到一起，汹涌拍击宇宙终极堡垒的围墙时，他们不会注意到大潮下面是否有一道细细的潜流。

这种思维潜入不为一六〇小组所禁止，但从公共道德来说，这种做法肯定是违规的。但卓师母还是做了。她要去验证一些重要的东西，非常重要，重要到足以让她有勇气违背平时的做人原则。现在她已经完成了验证，验证的结果使她倍感忧虑。

夜里，八个人互相握别，也没忘了同电脑亚伯拉罕告别。他们依次同电脑中的那个面孔碰了碰额头，亚伯拉罕对每一个人说："再见，希望下一次早日相聚。"

他们预定的聚会被无限期地推迟了。

战争。

在随后的半年中，世界上的主要国家进行了最后的排列组合，分成两个阵营。一个阵营是"老海豹"，包括美国、日本、英国、澳大利亚等；另一个阵营是"新海豹"，包括中国、印度、韩国、巴西等。不用说，这种分组取决于各国在旧的世界资源分配体系中所占的地位。

后人所称的"2.5 次世界大战"终于打响了第一枪。战争的进程一如那位以色列军事专家卡斯皮的预期，是典型的远洋绞杀战和点穴战。"老海豹"宣布了对"新海豹"进行绝对的石油禁运，所有通往这些国家的油船都被拦截。中国"郑和号"的五十万吨油轮没能回国，被"暂时"扣押在伊拉克的巴士拉港。中俄石油管道和中哈石油管道"因技术原因"无限期关闭。中国西气东输管道，及伊朗—巴基斯坦—印度石油管道被空中投掷的动能武器炸毁，而且从此没能被有效修复，因为这种天基打击是不可抵御的。中国和美国开始了对敌方卫星的绞杀战，一夜之间双方都损失了二分之一的卫星，然后又突然同时中止，原因不明。各国的核力量（陆基和海基）都绷紧了弦，但却一直引而不发。直到战争结束，谁都不敢首先启用。所以，最危险的核力量反倒安全。

最激烈的战事发生在对各重要海峡的争夺上，这是没有悬念的战斗，因为美、日、英的远洋海空力量及天基力量都处于绝对优势。然后，战火蔓延到"新海豹"国家的海港、铁路枢纽、通信光缆会聚点等，但多是遭受电磁脉冲轰炸或精确轰炸，以破坏交通、电力、通信为目的，人员伤亡并不大。人们讥讽地说，看来社会确实进步了，连战争也变得文明了。

这种慢性扼杀战术的效果逐渐显现。司马完夫妇那种"透不过气"的感觉越来越强烈。北京城里，那曾经川流不息、似乎永不会中断的车流几乎消失了，普通人的汽车全部趴在车库里，因为有限的石油被集中起来，确保军队的需要。铁路交通处于半瘫痪状态。电信通信经常中断，社会不得不回过头来依靠邮政通信。北京的夜晚因为空防和经常断电变得漆黑一团。社会越来越难以正常运行了。

失败就像是黑夜中的冰山，缓慢地、无可逆转地向"新海豹"阵营逼来，伴随着深入骨髓的寒意。

战争开始前两个星期，史林到日本探亲（他一个叔爷定居在日本），随后两国断交，史林没有回国。其实，两国断交后都遣返了滞留在自己国家的对方公民，但据说是史林自己坚决拒绝回国，他的叔爷便为他办了暂居证。

史林从以色列返回后，向国家安全部的洪先生汇报了在特拉维夫的见闻，主要是说明了司马完（还有他妻子）脑中的异物是怎么回事，但对终极公式和终极能量的情况则完全保密，信守了他对一六〇小组的承诺。他对洪先生说："我可以保证，他俩装上这个插头是为了科学探索，而不是其他的卑劣目的，也不存在受别人控制的情况。"

洪先生没想到一桩大案最终是这么一个结果，一下子轻松了。从他内心讲，他实在不愿意这个重量级的武器专家成了敌国间谍。同时他也非常不理解：一个人会仅仅为了强化智力而摧残自身，把自己变成"半机器人"？听完汇报后他摇摇头，没有多加评论，只是对史林表示了感谢。随后他和吕所长通了电话，气恼地说："太轻率了。司马完这种做法至少是太轻率了。要知道，他的脑袋不光是他个人的，还是国家的。"

吕所长叹道："是的，他的轻率做法让我非常为难。以后我该怎样对待他？我敢不敢信任一个大脑里装着神经外插头的人？尽管他不会是间谍——你知道，我对这一点一直敢肯定，从一开始就敢肯定——但有了这么一个大脑外插头，就存在着向外泄密的可能，尽管泄密并非他本人的意愿。"

战争开始后，司马完反倒非常清闲。北方研究所彬彬有礼地对待他，不再让他参与具体的研究工作。对此，他非常坦然地接受了，丝毫不加解释。他研制的电磁脉冲弹在战争中也没派上太大的用场，对日本倒是用上了——在几个城市、海港进行了饱和电磁轰炸，对其信息系统造成了很大破坏；但对远隔重洋的美、英、澳则有力使不上，毕竟中国的远程投掷能力有限。

司马完和妻子赋闲在家，散步，打太极拳，盼着儿子那儿寄来的军邮。儿子来过几封信，信中情绪很不好，一再说这场战争打得太窝囊，与其这样熬下去，不如驾一只装满炸药的小船去撞美国军舰，毕竟在几十年前，在南也门的亚丁港就有人这么成功地实施过。卓君慧很担心儿子的情绪，回了一封很长的信，尽量劝慰他，但她知道这些空洞的安慰不会起多大作用。

这是战争开始一年半后的事。儿子没能见到妈妈的信——几乎在发走这封信的同时，家里就接到了军队送来的阵亡通知书。那是一次天基力量的精确打击，美国的武装卫星向儿子所在的长波雷达站投掷了一枚钨棒，以每秒六千米的极高速度打击地面，其威力相当于一枚小型核弹。雷达站被完全抹去了，里面的人尸骨无存，甚至连一件遗物都找不到。

办完儿子的丧事后，司马完开始实施自己的计划。并不仅仅是因为儿子的死，不是的，这个计划他早就筹划好了，自从确认中国在这场准备不足的战争中必然失利后，甚至早在卡斯皮那次谈话的半年之前，他就开始了秘密筹划。但儿子的牺牲无疑也是一种推动，在道义上为他解去了最后的束缚。他办妥了去中立国瑞士的护照，借口是一次工作访问，然后准备从那儿到美国，寻找一个合适的地点，把自己五十六公斤质量的身体变为一个绚丽的大火球。

妻子因爱子的死悲恸欲绝，终日以泪洗面。他在出发前一直尽量抽时间安慰妻子。在这样的时刻，语言的力量太苍白了。他只是默默地陪着她，搂着她的腰，看着她的眼睛，或者轻柔地抚着她的手背。其实，他的悲痛并不比妻子轻。妻子睡熟后，他睡不着，一个人来到阳台，躺到摇椅上，望着深邃的夜空，思念着儿子，心疼着妻子，也梳理着自己的一生。他常说自己当一个武器科学家纯属角色反串，他的一生只是为了探索宇宙终极真理，享受思维的快乐。他们（一六〇小组的伙伴）的探索完全是非功利的，是属于全人类的。他也曾真诚地发誓，不会把终极能量用于战争。但他终究是尘世中人，当他的思维翱翔于宇宙深处时，思维的载体还得站在一片被称作中国的黄土地上。这儿有流淌五千年的血脉之河、文化之河，这儿的人都是黄皮肤，眼角有蒙古褶皱，有相同的基因谱系。他必须为这儿、为这些人，尽一份力量，做一些事情。虽然他要做的事可能有悖于一个科学家的道德观，有悖于他的本性。

他在无尽的思考中逐渐淬硬自己的决心。他并非没有迟疑和反复，不过他最终确认只能这样做。

他一直没把自己的决定告诉妻子，但妻子也许早已洞察到了。娶了这么一位高智商的妻子也有这点儿不便——他一般无法在妻子面前隐藏自己的内心活动。不过，这些天来，儿子之死对她的打击太大，妻子一直心神恍惚，似乎没有觉察到他的离愁，甚至没为他准备出门的衣物。

晚饭后，两人面对面坐在沙发上。司马完发现妻子的眼神像秋水一样清明。妻子冷静地、开门见山地说："老马，后天你就要走了，去做那件事了吧？"

"对。我要走了。"

"你打算在哪儿引爆自身？"

司马完不由得看看妻子，妻子沉默着，不加解释，等着他的回答。他也不再隐瞒，直言道："还没定，到美国后我会选一个合适的地点。我之意在于威慑，不愿造成过多的人员伤亡。"

妻子叹息道："即使这样，恐怕死者也是数万之众了。"

司马完沉重地点头："可能吧。君慧，你了解我的，我真的不愿这样做……"

妻子叹息一声："我没打算劝你。你已决定的事，别人没法改变的。其实我早知道你在筹划，大约半年前就开始了吧？而且是在卡斯皮那次谈话后最后定型。你决定赴死后，开始推荐史林补你的空缺。我对这些很清楚，因为……"她对丈夫第一次坦白，"在以色列那次智力联网中，我曾悄悄叩问了你的潜意识。"

司马完惊讶地看看妻子，认真回忆了一下，没能回忆到那次联网时妻子对他的思维入侵。他素来佩服妻子的智商，这会儿更甚。虽然那时他尽量做得不动声色，但还是没能瞒过明察秋毫的妻子，反倒是自己被蒙在鼓里。

卓君慧接着说："那次我还同时叩问了其他五个人。他们大都会恪守一六○小组制定的道德红线，即在任何情况下，决不把终极能量用于战争。"

司马完诚心诚意地说："我敬重他们，也羡慕他们——如果我也能坚持那样的决定就太幸福了。他们的心地比我纯净。"

卓君慧仍顺着自己的思路往下说："除了一个人。我是说，有可能背离这条红线的，除你之外还有一个人。当然，他现在不会这样干，但一旦你用终极能量改变了战争的均势，他也会背离自己的本意，仿效你的做法。我想，不用说名字，你大概能猜出他是谁吧？"

司马完迟疑了一会儿，不大肯定地说："松本清智？"

"对，是他。你——想想吧！"

卓君慧没有深谈，但司马完当然明白她的意思。一个可怕的前景。敌我双方都握着这种撒旦的力量，战争最终会变成终极能量的对决，双方将同归于尽，没有胜利者——如果不说地球毁灭的话。

不过，在这一瞬间，司马完马上想到了史林。从以色列回来后，妻子曾经同那个年轻人有过一次秘密谈话，然后史林就去了日本，而且在战争爆发后拒绝回国。司马完对此一直心存怀疑，他了解那个青年，他和儿子一样，血是热的，在战争来临时拒绝回国不符合他的为人。这么说，他是妻子事先安排好的棋子？他看着妻子的眼睛，轻声问："但你已经事先做了必要的安排？"

妻子点点头："对，史林。昨天我已经通知他开始行动。咱们等一等，等到那边的结果再说吧。"

此时，史林正待在日本千叶县一家拉面馆里。战争爆发后，他拒绝回国，求他的叔爷为他办了暂居证，但此后他坚决拒绝了叔爷的挽留，离开叔爷在东京的家，到千叶县"和爱屋"拉面馆找到了工作，并住在那里。其实，离开北京前他已经提前做了准备，用一千元的学费，花费一天时间，在一家兰州拉面馆中学会了拉面手艺。他那高达一百六十的智商可不是虚的，在体力活上也表现得游刃有余。到"和爱屋"半个月后，他的功夫已经炉火纯青，可以把手中的面拉得比头发还细，是这里挂头牌的拉面师了。

千叶县在日本的东面，离东京不远。这儿受战争影响不大，拉面馆生意相当红火，每天晚上到 11 点后才能休息。忙完一天，累得两条胳膊抬不起来，但他在睡觉前总要抽点时间看看专业书。战争终归要结束的，而自己也终归会卸掉戏装（他目前就像是票友在舞台上扮演角色），回归自我。他不能让自己的脑子在这段时间锈死，至少要让它保持怠速运转吧！

他所看的专业书就包括松本清智的一些著作，日文原版，如《宇宙暗能量的计算》《杨—米尔斯理论中的非规范对称》《物质前夸克层级的自发破缺》《奇点内的高熵和有序》等。这些著作写得极为出色，浅中见深，举重若轻，逻辑非常清晰，给人的感觉是数学博士到小学讲加减法。如果是过去，阅读之后史林只会空泛地称赞一番，但现在他知道这些著作之所以出色的内在原因——松本清智已经知道了宇宙终极定律，虽然著作中只字未提，但以已经破解的终极定律来统摄这些前期的理论探讨，那就像登山者到达山顶后再回头看走过的路，当然是条分缕析、清清楚楚了。

史林很敬重松本清智教授，所以对自己将不得不做的事，心中十分歉疚。从以色列回来后，卓师母和他有过一次深谈。那时他才知道，自他们到达以色列之后的一切举动，包括让史林走进一六〇小组的圈子内，包括卓师母主动向他透露有关终极武器的情报，实际上都属于一次周密的策划——不，更准确地说，是两个交织在一起的计划。司马老师是第一个计划的策划者，他决心背离一六〇小组的道德红线，用终极武器来改变战争的结局，于是推荐史林来接替自己死后留下的空缺；卓师母敏锐地发现了丈夫的秘密计划，不动声色地作了补救，并巧妙地利用那次大脑联网查清了各人的潜意识。

从以色列回国后的那次深谈中，她对史林坚决地说："绝不能让终极能量用于战争！一定要避免这一点，对于准备背离那条道德红线的人，无论是谁，不管是我丈夫还是松本清智，都不得不对其采取措施！"

史林开始并不同意她的做法，作为一个血气方刚的年轻人，从感情上说，他更多的是站在司马老师这一边。但卓师母用一个深刻的比喻把他说服了。卓师母说："假如一群 20 世纪的文明人在海岛上发现一个野蛮人部落，他们还盛行部族仇杀，甚至吃掉俘虏。这当然是很丑恶的行为，文明人会怜悯他们，劝阻他们，但并不会仇视他们，因为他们的社会心智还没进化到必要的高度。如果一时劝阻不住，文明人会寄希望于时间，期待他们的心智逐渐开化。不过，如果因为痛恨他们的丑恶而大开杀戒，用原子弹或艾滋病毒把他们灭族，那这样的文明人就比野蛮人更丑恶了！

"相对于一六〇小组的成员来说，21世纪的人类也处于蒙昧阶段。想想吧，他们仍然那么迷恋危险的武器玩具，热衷于用战争来解决人类内部的争端。但这是现实，没办法的，我们无法让他们在一夕之间来个道德跃升，也只能寄希望于时间。可是，如果我们也头脑发热，甚至把'五百年后的技术'用于今天的战争，帮助一部分人去屠杀另一部分人，那我们就比他们更丑恶了！"

史林被她的哲人情怀完全征服了，心悦诚服地执行师母给他布置的任务。他在日本住了下来，老老实实地做他的拉面师傅，每星期按时到警察厅报告自己的行踪（这是日本警方对敌国侨民的要求），其余时间就窝在"和爱屋"拉面馆里。日本社会中本来就有浓厚的军国主义思想，战争更强化了它。拉面馆里几乎每天都能听到刺耳的言论，甚至有狂热的右翼分子知道这位拉面师傅是中国人，常常来向他挑衅。但史林面对这些挑衅始终很平静。

转眼，一年半过去了。

这天，他正在操作间拉面，服务员惠子小姐过来喊他，说一位客人要见见中国拉面师傅。顺着惠子的手指，他看到一个相貌普通的中年人，坐在角落里，安静地吃着酱油拉面。史林走过去，那人抬起头，微笑着问："你是史林君？从中国来的？"

"对。"

"听说你曾是物理学硕士？"

"对。"

"你认识卓君慧女士吗？"

"认识的，她是我的师母。先生你是……"

那人改用汉语说："卓女士托我捎来一样东西。"他把一个很小的纸包递过来，里面硬硬的像是一把钥匙，然后他便唤服务员结账，走人了。

当天晚上，史林向拉面馆老板递了辞呈，说他的叔爷让他立即回东京，家里有要事。老板舍不得这个干活卖力、技术又好的拉面师傅，诚心诚意地作了挽留，留不住，便为他结清了工资。

第二天上午，史林已经到了东京大学物理系办公室。在此之前，他先到东京车站，用那位信使交给他的钥匙，打开车站寄存处第二十三号寄存箱，从里面取出一个皮包。包内是一支电击枪，美国 XADS 公司研制，有效射程五十米，它利用强大的紫外线激光脉冲将空气离子化，产生长长的、闪闪发光的等离子体丝，电流再通过这一通路击向目标。为了将人击晕而又不造成致命伤害，所用的电脉冲必须极强，但持续时间又极短，每次只有零点四皮秒（一皮秒等于一百亿分之一秒），这相当于瞬间作用能量可达到一万兆千瓦。

这是一种非杀伤性武器，一般用于警察行动。但史林手中这个型号的震击枪强度可调，在最强挡使用，可以使目标的大脑受到不可逆的损伤，变成植物人，无论是催苏醒药物还是高压氧舱都对此无能为力。这种武器的致残效果非常可靠，美国 XADS 公司对其做过缜密的研究和动物实验，史林阅读过有关的实验数据。现在，装有武器的皮包就放在他的腿上。

秘书去喊松本先生，在这段时间里，史林打量着松本的办公室。原来松本是很有性格特点的，大学物理系主任的办公室应该很严肃，但这儿贴满了漫画，似乎都是从科普著作或科幻读物中摘录的文字，并由他重新绘制的，而且全都和宇宙终极定律暗暗相合。这张画上是一个麻衣跣足、长发遮面的上帝，他在向宇宙挥手下令：我要空间有褶皱，于是就有了褶皱；那儿仍是这位上帝，右手托着下巴苦苦思索：我该不该用另外的办法来造出下一个宇宙？后墙上的画更让他感到亲切，那是一群小人，推着小车，排成长队，向地球之外的一个桶里倾倒垃圾，而这个桶则连着绳索和种种可笑的滑轮，以控制其坠向下面黑洞的速度。这正是他向卓师母提及的那个"释放物质的终极能量"的设想。

他欣赏着这些漫画，从中感受到松本清智未泯的童心。然后，他用手捏了捏皮包，里面硬硬的，是那件杀人武器。他不由得叹息一声。

松本先生进来了，一眼就认出了史林："是史林君？我们在以色列见过一面。你怎么这会儿来日本？"

史林立起身，恭谨地说："我已经在日本停留一年多了，战前我来日本探亲，战争爆发后我没有回去。"

松本看看他，没有说话。松本不赞成战争，但也不赞成一个年轻人逃避对国家的责任。这两种观点是相悖的，用物理学家的直觉或形式逻辑都无法理清它。但不管怎么说，这种不明不白的感觉让他对史林心存芥蒂。不过，他没有把心中的芥蒂表示出来，而是亲切地问："有什么需要我帮忙的吗？有难处尽管说，我同你的老师、师母都是很好的朋友。"

"谢谢松本先生。我没有什么难处。我来找你，是受卓君慧女士之托，想请你回答一个问题。"

松本扬扬眉毛："是吗，受卓女士所托？请问吧！"

"请问松本先生，你会把终极能量用于这场战事吗？"

松本愣了一下，没想到史林会直率地问这个问题。一般来说，一六〇小组的组员们都不在那间地下室之外谈论与终极定律有关的话题。他简单地说："不会。这是所有组员的共识。"

"但如果某个人，比如我的老师司马完，首先使用了它，从而改变了战争的均势，那时，你会使用它吗？"

松本感受到这个问题的分量，认真地思考着。史林这个问题不会是随便提出的，其中必然涉及司马完的某个重要决定。在他思考时，史林目不转睛地看着他。过了一会儿，松本坦率地说：

"如果是在那样的情势下，我会考虑的。"

史林从皮包中拿出那支电击枪，苦涩地说："松本先生，我非常抱歉。卓师母说，绝不能让终极能量变成杀人武器，那对人类太危险了。为了百分之百的安全，必须事先就对你和司马完先生采取行动。我真的很抱歉，你尚未犯下罪行，我却要伤害你。但我不得不这样做。"

在松本先生吃惊的盯视中，他扣响了扳机。松本身体猛然抽搐，脸朝后跌了下去。史林抢上一步抱住他，把他慢慢放在地上。坐在外间的女秘书透过玻璃看见了屋里发生的事，尖叫一声，向外面跑去。史林没有跑，他把松本先生抱到沙发上，仔细放好，用沉重的目光端详着他。松本脸上冻结着惊讶的表情，不再对外界的刺激发生反应，他已经成为植物人了。史林对他深深鞠了一躬。

他用办公室的电话机拨了两个外线，一个给那位送钥匙的信使，一个给东京警视厅。然后，他就端坐在松本先生身边，等待警察到来。

在妻子扣动 XADS 电击枪扳机的那一瞬间，司马完没有恐惧而只有轻松。妻子把他身上的这副担子卸下来了，他相信妻子随后会把这副担子背起来，肯定会背起来的。她比自己更睿智。

一道闪闪发光的细线从枪口射向他的头部，然后，强劲的电脉冲顺着这个离子通道射了过来。司马完仰面倒下，妻子抢先一步抱住他，把他小心地放在沙发上，苦涩地看着丈夫。她没有哭，只是长长地叹息着。

　　战争没有改变贝利茨闲逸的退休生活。他住在特拉华半岛上的奥南科克城郊，每天早上，他与妻子带着爱犬巴比步行到海滨，驾着私人游艇在海上徜徉一个上午。这天，他们照旧去了，他扶着妻子上了游艇，巴比也跳上来了，他开始解缆绳。忽然，海滨路上一辆警车风驰电掣般驶来，很远就听见有人在喊："是贝利茨先生吗？请等一等，请等一等！"

　　贝利茨站直了，手搭凉棚，狐疑地看着来人。一个警官下来，向他行礼："你是斯坦福大学的终身教授肯尼思·贝利茨先生吗？"

　　"对，我是。"

　　"请即刻跟我们走，总统派来的直升机在等你。"

　　他十分纳闷，想不通总统突然请他干什么。但他没有犹豫，立即跳到岸上，对妻子简单地道别。

　　他说："琳达，你不要出海了，你自己驾游艇我不放心。"

　　琳达说："你快去吧，我会照顾自己的。"

　　他同妻子扬手告别，坐上警车。那时他不知道，这是他同妻子的最后一次见面了。两个小时后，他来到白宫的总统办公室。会议室中坐着一群人，有总统、副总统、国务卿、国防部长和参谋长联席会议主席，单从这个阵势看，总统一会儿要谈的问题必定非同小可。屋里，椭圆形办公桌上插着国旗、总统旗及陆、海、空、海军陆战队四个军种的军旗，灰绿色的地毯上则嵌有美国鹰徽。他进去时，总统起身迎接，同他握手，没有寒暄，简洁地说："谢谢你能及时赶来。贝利茨先生，有一位中国人，卓君慧女士，要立即同你通话。是通过元首热线打来的。你去吧！"

白宫办公室主任领他来到热线电话的保密间，总统和国务卿也跟着他进来了。贝利茨拿起话机，对方马上说："是老贝吗（卓君慧常这样称呼他），我是卓君慧。"

"对，是我。"

"我有极紧要的情况向你通报。请把我的话传达给贵国决策者，并请充分运用你的影响力，务必使他们了解情况的严重性。因为……"她严肃地说，"据我估计，他们的理解力不一定够用。"

"我会尽力的。请讲。"

卓君慧言简意赅地讲了事情的整个经过：卡斯皮的谈话，她丈夫司马完的打算，她对一六〇小组其他六个成员意识的秘密探察——

"我很歉疚，我的秘密探问是越权的。我……"

"你的道歉以后再说，说主要的。"

"我确认，小组中有两人，即我的丈夫和松本清智先生，会把终级能量用于当前的战争。我随后又用其他方法，对两人的态度作了直接验证。验证后，我采取了行动，使用美国 XADS 电击枪将他们变成了植物人。关于松本先生的情况，你们可以通过日本政府得到验证；关于我丈夫的情况，你是否需要亲自来验证一下？

这一点很重要，你可以带上一个官方代表。"

贝利茨已经猜到了卓君慧以下要谈的事。他略微犹豫，说："不需要了，我信得过你。继续说吧。"

"我们已经做出了足够的自我克制，希望这种克制能得到善意的回应。"她重复道，"希望你能把这些话传达给贵国决策者，诺亚方舟的存亡在他们的一念之间。我希望在三天内听到回音，可以吗？"她加重语气说道。

"可以的，三天时间够了。再见。"

"再见。"她说了一句美国人爱说的话，"愿上帝保佑美利坚，也保佑整个诺亚方舟。"

贝利茨挂了电话，陷入沉思。总统一行人一声不响地等着他说话。等了一会儿，国务卿忍不住问："贝利茨先生，那位中国女人所说的'终极能量'是怎么回事？"

贝利茨笑着说："我是个机能主义者，我认为电子元件同样能承载一个人的智慧，说不定，那样的智慧会更纯净呢，因为人性中很多的'恶'与我们的肉体欲望有关。"

在场的几个人都不明白这番没头没脑的话，心想也许贝利茨先生老糊涂了？不过，他们都礼貌地保持安静。但贝利茨显然没有糊涂，他目光灼灼地扫视着众人，有条不紊地吩咐着：

"请立即给我安排一架专机，我要尽快赶到特拉维夫，在那儿查证一样东西。明天晚上我会返回白宫，那时请今天在座的各位再次聚在这儿，我们再详谈。"

　　第三天上午，贝利茨和国防部副部长拉弗里来到新墨西哥州的阿拉莫戈多"三一"核试验场。这是美国进行第一次核试验的地方，以后的核试验改在内华达地下核试验场进行。不过，这次贝利茨要求在这儿做地上实验，他说："在地上做这件事更直观一些，我知道有些人的 IQ 有限，直观教具对他们更适用。"

　　前天，他赶到特拉维夫，在亚伯拉罕电脑的资料库中仔细查阅了上次智力联网的记录。他十分相信卓君慧，相信她说的事实都是可靠的，但对于如此重大的事情，他当然还是要再亲自落实一下。结果正如卓君慧所说，她确实在做智力联网巡回时悄悄叩问了几个人的潜意识，包括贝利茨的。她的叩问很小心，被问的六个人当时正致力于向"终极堡垒"进攻，都没有觉察，但都以潜意识的反应作出了不加粉饰的回答。有四个人坚决拒绝把终极能量用于战争，贝利茨是其中一个，他的回答是："在任何情况下，我都不会把终极技术用于战争。"

　　但司马完的回答是："除非我的国家和民族处于危亡时刻。"

　　松本清智的回答模糊一些："只要别人不首先使用。"

　　卓君慧以思维潜入——这件事本身是不光彩的，但此刻贝利茨反而很感激她。作为一六〇小组的组长，他是大大地失职了。他太相信六个人的誓言，相信他们的高尚，却没考虑到在事关国家和民族生死存亡的时刻，这样的誓言是不可靠的。这是因为准备违背誓言的两个人都不是为了私利，而是为了大义，他们自认为动机是完全纯洁的，因而就具备了违背誓言的必要勇气。看来，自己太书生气了，也许——他很不愿意这样想，但此刻他无法否定这个想法——他当时提议创建这个超智力网络，发展出"五百年后"的科技，本身就欠斟酌。潘多拉魔盒不该被提前造好，因为只要它造好了，就有被提前打开的可能，再严密的防范也不行。

坐实了卓君慧说的事实之后，他又在这儿多停了一夜，在亚伯拉罕的帮助下，他把自己的思维全部输到电脑中去。严格说来，并不是全部，在输入时他设置了一个严格的过滤程序，把藏在自己思维深处的肮脏东西，那些披着圣洁外衣的肮脏：对暴力的迷恋、嫉妒、自私、种族优越感等，全都仔细剔除。这个输入很费时，直到第二天上午 10 点才完成。随后，他同亚伯拉罕匆匆告别，坐专机返回美国。

回到白宫之后，他对椭圆形办公桌后边的那些人讲了他所知道的全部情况——终极能量的可怕威力，尤其是人体自我引爆的便于实现，客观而坦率。他说："卓女士说得很对，她（及她的国家）已经做出了足够的克制。现在，那两个打算把终极能量用于战争的人都被封了口，其中一个甚至是卓的丈夫，是她亲自对丈夫下的手。但世界上还有五个人会使用它，包括中国的卓，她在做出'足够的克制'后，正在等着对方的'善意回应'呢。她的等待只有三天时间。万一终极能量被使用，万一有十个八个因绝望而愤怒的人（说不定他们还有美国公民身份呢）来到华盛顿、纽约或东京引爆自身，那将是何等可怕的惨状。

　　"也许你们都不相信终极能量可以轻易释放，也想象不到它的威力，所以我准备做一个公开的实验。咱们到阿拉莫戈多实验场去，我削下一截六克重的指尖并把它引爆——这大约就相当于1945 年在广岛扔下的那颗'小男孩'的爆炸当量，一点三万吨TNT。你们睁大眼睛看着吧！"

　　现在，具体操办此事的国防部副部长拉弗里带贝利茨来到实验场中心。送他们来的黑鹰直升机没有熄火，时刻准备着接他俩返回。这儿非常荒凉，渺无人迹。当年，第一次核试验的"大男孩"钚装药六点一千克，TNT 当量二点二万吨，核爆时产生了上千万摄氏度的高温和数百亿个大气压。三十米高的铁塔被瞬间气化，地面上留下一个巨大的弹坑，沙石被熔化成黄绿色的玻璃状物质。现在，弹坑旁新搭起一个帐篷，这是应贝利茨的要求盖的，是为了防止卫星的拍照，因为——那老家伙说，他会绝对小心，绝不让人体引爆的操作方法被人窃去。他对总统斩钉截铁地说："在任何情况下，我都不会把可怕的终极能量用于战争。关于这一点，请不要抱任何幻想。"

　　他还说，只需使用装在上衣口袋里的某种器具，就能引爆自己"削下的指尖"。现在，在他上衣口袋里确实装着一个硬硬的家伙，但扣子扣得严严实实，谁都不知道那是什么玩意儿。拉弗里真想把那东西抢过来，然后变成美国军队的制式武器——这个前景该是何等诱人啊！当然，只能想想而已，这会儿他绝不敢得罪这个老家伙。

贝利茨对周围查看一番，表示满意，用手中的手术刀指指直升机，对拉弗里说："行了，以下的操作只能我一人在场，你先乘机离开吧，把军用对讲机给我留下就行。等我该离开时，我再召唤直升机。"

拉弗里不情愿地离开了，乘机来到十七千米外的地下观察所。这是当年第一次核试验时的老观察所，已经破败不堪，只是被草草打扫了一遍。十几个情报人员正在里面忙碌，布置和操作各种仪器——昨天他们已经抓紧时间在那座帐篷里布下了针孔摄像头和窃听装置。拉弗里一下直升机便立即赶到屏幕前，屏幕前的情报官看见拉弗里来了，回过头懊恼地说："副部长先生，恐怕要糟，贝利茨肯定正在找咱们的秘密摄像头。"

他没说错。从屏幕上看，贝利茨正在帐篷内仔细地检查，而且很快找到了目标。现在屏幕中现出他的笑脸，因为太近而严重变形，几乎把镜头完全堵住了。贝利茨微笑着，在对讲机里说："拉弗里？我想这会儿你已经赶到监视屏幕前了吧。这个摄像头的效果如何？"

拉弗里只有摁下对讲机的通话键，硬着头皮回答："不错，我看你很清楚。"

"那就对不起了，我在往下操作之前，首先要把这个镜头盖上。请通知总统，我不能回去了。我曾说，我会引爆一个削下的指尖，实际上，指尖削下后就不是我的了，就是普通物质了。普通物质终极能量的释放相对要困难一些，需要若干比较复杂的设备，已经来不及了。所以我不得不留在这儿引爆自身——目前，我无法控制住只让一个指尖起爆——它大致相当于一亿吨TNT。你目前所处的观察所距离我太近，请立即后撤，至少到八十千米以外。另外，爆炸将造成强大的电磁脉冲，请通知五百千米以内的飞机停飞，以免造成意外事故。我给你三个小时做准备，请按我的吩咐做吧！"

拉弗里十分吃惊，在心里狠狠骂着这个自行其是的老家伙。这些变化超出了上头事先拟好的应急计划，他不敢自己做主。这时，总统及时地插话了，他和有关人员一直在白宫监控着这儿的局面。他说："贝利茨先生，既然这样，请你改变计划，不必引爆自身了。你的生命比什么都贵重。请立即停止，我们再从长计议。"

贝利茨讥讽地说："我的生命比战争胜利更重要吗？或者说，美国人的生命比敌国已经死去的二十万条生命的价值高一些？谢谢你的关心，但我不打算停下来。我知道某些人，比如此时在屏幕前的拉弗里先生，不见到棺材是不会落泪的。我必须把终极能量变成他能看见的现实。另外，我还有点儿私人的打算，"他微微一笑，"我想同中国的老朋友，司马完先生，来个小小的赌赛，那个家伙为了信仰不惜把自身变成一个巨大火球，我想让他知道，美国人也不缺少这样的勇气。不要多说了，请开始准备吧。三个小时后，即十二点十五分，我将准时起爆，不再另行通知。现在，请设法接通我家的电话，我要和妻子告别。"

总统不再犹豫，命令手下立即按照贝利茨先生所说的进行准备：飞机停飞或绕道，五百千米内的交通暂时中断，医院停止手术，所有电子设备关闭，一百千米以内的人员尽量向外撤退或待在地下室里。同时，他命人接通了贝利茨家的电话，再经过军用对讲机的中转，与贝利茨取得了联系。

贝利茨夫人刚刚从总统办公厅主任那儿知道了实情，顿时惊呆了。丈夫三天前被总统召见时，她绝对想不到会出现这样的结局！更想不到那天的匆匆告别会是夫妻的永别！她哽咽着说："亲爱的……"

贝利茨笑着说："不必伤心，琳达，我爱你，正因为爱你我才这样做。如果我的死能让人类从此远离战争，那我的六十四公斤体重可是宇宙中价值最高的物质啦！再说，世界上有哪个人能像我死得这样壮丽？在一瞬间，抹平肉体的褶皱，回归平坦空间，同时放出终极能量，变成绚丽的火球。琳达，不要哭了，当命运不可避免时就要笑着迎接它。"

琳达忍住眼泪，不哭了，两人平静地（表面平静地）闲聊着。这边州政府宣布了紧急状态，警察、军队和准军事力量全部动员起来，组织着紧张的撤离。这对老夫妻一直聊到中午十二点，贝利茨温和地说："再见，琳达。替我同孩子们说声再见，同巴比说声再见。我该去做准备了。"

琳达强忍住泪水说："你去吧，我爱你。我为你自豪。"

那头的对讲机关上了。一片寂静。安全线外，几百台摄像机从四面八方对准了爆心，记者们屏住呼吸等待着。这些镜头向全世界做着直播，所以，此刻至少有十亿双眼睛盯着屏幕。十五分钟后，一团耀眼而恐怖的巨大光球突然蹿上天空，火球迅速扩大，把整个沙漠和丛林映照得雪亮，天空中原来那个正午的太阳被强光融化了。那景象正如印度经典《摩诃婆罗多》经文中所说："漫天奇光异彩，有如圣灵呈威，只有一千个太阳，才能与之争辉。"

爆炸点上空那汹涌翻腾、色彩混沌的烟云慢慢散开，在爆心处留下一个巨大的岩浆坑。岩浆在凝结过程中因表面张力而被抹平，变成一个近乎光滑的镜面。

安全线外的观察者们通过护目镜看到了这一切，而通过实况转播观看的十亿人只能看到电视屏幕上剧烈扭动的曲线，因为在那一瞬间，看不见的巨量电磁脉冲狂暴地冲击着这片空间，造成了电磁场的畸变。不过，电磁脉冲是不能久留的，它很快越过这儿，消失在太空深处。屏幕上的图像逐渐还原。这次非核物质的爆炸景象和当年的第一次核爆一样，只是威力大了八千倍。这不奇怪，按照终极公式，在更深的物质层级中并没有铀、钚和碳水化合物的区别，没有所谓"核物质"和"非核物质"的区别。它们全都是因畸变而富集着能量的空间，也都能在一瞬间抹平空间的褶皱，释放出相等的终极能量。

战争很快结束了。

在贝利茨造成的这次爆炸之后，各国政府都迅速下达了"暂停军事行动"的命令。一个星期后，八国政府首脑汇集到中立国瑞典的斯德哥尔摩，开始了紧张的磋商。在激烈且充满仇恨地争吵了两个星期后，各国终于达成了一个妥协方案。没有一个国家对这种妥协满意，"新海豹"中的韩国代表甚至痛哭着说，如果他不得不在这个"丧权辱国"的投降方案上签字，他将蹈北海而死，无面目见故国父老。而"老海豹"们同样不满，他们不得不吐出很多已经和即将到口的利益。

　　但不管怎样争吵，怎样谩骂，妥协还是达成了。因为有一个东西明明白白地摆在那儿，谁也甭想忽视它：那种可怕的终极武器。如果它被普遍使用，即使不会毁灭地球，至少也能毁灭人类文明。没人敢和它较劲。另外，人们还普遍存在着隐秘的、但又是非常强烈的希望：既然终极能量已经可以掌握，那能源之争就没有必要了。

　　于是，这场蓄势已久的战争，在尚未爬到峰值时就出人意料地戛然而止。后世历史学家把它命名为"2.5 次世界大战"。以色列的卡斯皮先生在两年前就造出了这个名称，因而在媒体上大出风头。当然，他当时所持的原因并不正确（他认为双方力量的悬殊将造成一场非对称战，而不是说大战将因终极武器而半途结束），但这并不影响他拥有"2.5 次世界大战"的命名权。人类的历史往往就是由这样的阴差阳错所构成的。

　　世界在狂欢。各交战国，各非交战国，华盛顿、东京、伦敦、新德里、汉城（首尔）、北京……北京是用爆竹声来庆贺的。爆竹声传到了司马完的私寓。卓君慧正在为丈夫喂饭，是用鼻饲的办法，把丈夫爱吃的食物打成糊糊，通过导管送到胃里。每天，她还要不停地给丈夫翻身，防止因局部受压而形成褥疮；把他扶起来拍打胸部，防止肺部积水造成肺炎，等等。这些工作既吃力又琐碎，研究所为司马完聘用了专职护士。但只要有可能，卓君慧还是亲自去做，她想通过亲身的操劳来弥补对丈夫的歉意。

　　近一个月的劳累让她显得有点憔悴。狂欢声传进屋里时，她笑了。这个结局是她预料到的，或者说是她努力促成的，为此她不得不做了一些违心的事，也付出了巨大的牺牲，把她丈夫（还有松本先生）变成植物人。还有一个重大牺牲是在她的意料之外：她的朋友"老贝"也为此献出了生命。

　　她附在丈夫耳边轻声说："老马，战争停止了，没有战败国。你的心愿达到了，你该高兴啊！"

　　丈夫面无表情，他现在连饥饱都不知道，更不用说为战事停止而喜悦了。墙上是儿子的遗照，穿着戎装，英姿飒爽，从黑镜框中平静地看着她，似乎对这个结局并不吃惊。卓君慧看着儿子的眼睛，说了同样一番话。忽然，电话铃急骤地响了，她拿起话筒，液晶屏上显示的是日本的区号。电话那头史林兴奋地说："卓师母！战争结束了！我也可以回国了！今天上午日本警方把我释放了。"

“小史你辛苦了，快点儿回来吧，我和司马老师都盼着你。”

“我是否带着松本先生一块儿回来？你说过的，他，还有司马老师，你都能治好的，是不是？”

卓君慧笑了：“当然。普通医学手段对这种植物人状态无能为力，但你不要忘了，这两个病人的大脑都有神经插头啊！通过思维联网，由其他小组成员‘走进去’他们的大脑，并唤醒他们，一定能成功的。小史，我已经通过外交途径和日本政府联系过，你直接去找他们，请求派一架专机将松本先生送到北京，再带上司马老师，飞到特拉维夫。我已经通知一六〇小组其他成员在那里集合，我们将合力对他俩进行治疗，另外还有亚伯拉罕的帮助呢！”

“太好了，师母，只有把两人治好，我才能多少弥补一点儿自己的负罪感。我这就去联系。”

第二天上午，一架波音 787 停在北京机场，一架舷梯车迅速开来，与机门对接。机舱门打开了，满脸红光的史林在舱门口向下面招手。早就在机场等候的卓君慧让两个助手抬着丈夫，沿舷梯上了飞机。飞机内部进行过改制——几十张椅子被拆掉，腾出很大一个空场，在空场中摆了三张床，其中一张上睡着松本。护士们小心地把司马完放在另一张床上，与松本先生并肩。卓君慧走过去，端详着松本的面容，轻声问候着：“松本你好，不要急，你马上就会醒来的。”

飞机没有耽搁，立即起飞。机舱内还有第三张床，是手术床，周围已经装好相应的照明设备、手术器械架等，是按卓君慧的吩咐安装的。她拍拍史林的肩膀，微笑着说："小史，我已经口头征求了一六〇小组其他组员的意见，他们同意你加入小组，到特拉维夫后会履行正式手续。所以，你是否愿意让我现在对你进行手术？这种激光手术的刀口复原很快，明天你就能参加到思维共同体中，和大家一起唤醒这两位沉睡者。手术的安全性你不用担心，飞机在平流层飞行时，其稳定性完全可以手术。你愿意做吗？"

史林从口袋里掏出一张纸，那是他事先已经签字的加入小组的申请："我当然愿意，这是我的书面申请。谢谢师母。"

"好的，那就开始吧。"

史林躺在手术床上，卓的助手先为他剃光头发，然后进行麻醉。他还未进入深度麻醉时，手术已经开始了，由卓君慧亲自主刀。史林的头骨被钻开，一束细细的"无厚度激光"向颅腔内深入，轻轻地割开左右脑之间的胼胝体。不过，史林没有感觉到疼痛，更不会感觉到激光的亮度。说来很奇怪的，大脑是人体的感觉中枢，所有的感觉信号都在这里被最终感知，但它本身却没有痛觉和其他任何感觉。胼胝体被切开后，一个极精巧的神经接头板被准确地插入，它是双面的，左右两面互相绝缘，分别与被切开的胼胝体两个断面紧密贴合，断面上原有的两亿条神经通路各自对应着一个触点。这些神经触点的材质是有机材料，与人脑神经原有很好的生物相容性，所以，当触点与某一条神经通路相接触后，会形成永久性联结。由于切口极光滑，这种联结是在分子范围内进行的，非常快速，二十四小时内就可以完成。手术后，左右脑半球彼此独立，分别通过胼胝体的两亿条神经通路，再经相应电路传到脑腔外的左右接口。左右接口可以彼此对接（此时，就恢复了大脑的原始状态），也可以与电脑或其他大脑相连。

没多久，卓君慧就把史林的左右脑的接头对接好了。这时的他还像未做手术一样。

手术顺利完成了，而此时史林才逐渐进入深度麻醉状态。他的意识沉入非常舒适的甜梦中，听见卓师母轻声说："好了，让他安静地休息吧。明天他就能正常活动了。"

史林睡了一个很长的甜觉。等他醒来已经是第二天了，睁开眼，他看见了那个熟悉的地下室，听见卓师母欣喜地说："好了，醒过来了。小史，你感觉怎么样？"

史林坐起身，晃动一下脑袋，说："一切正常，就像没做手术一样。"

"那就好。这儿一切都准备好了，就等你醒来。现在开机吧。"

一六〇小组的其他成员走了过来，依次同他握手。松本和司马睡在他身边的两张床上，仍然没有知觉。随着低微的嗡嗡声，电脑屏幕亮了，亚伯拉罕的面孔像往常一样闪现出来。不过，今天屏幕上又出现了另一个面孔，是贝利茨先生的。电脑的相貌生成程序非常逼真。屏幕上，老人慢慢睁开眼，迷茫的目光逐渐聚焦，定到卓君慧的脸上，他高兴地说："哈，既然你们唤我醒来，估计战事已经结束了吧？"

卓君慧素来以微笑应对一切事变，即使丈夫倒下时她也没有流泪，但这时她忍不住哽咽了："老贝你好，你说得对，各国已经达成妥协，战争结束了。"

贝利茨大笑："那么我的演技如何？我想我能赢得国会大剧院的表演奖。亲爱的卓，那会儿我决定配合你演一场逼真的戏，不过我知道，不，我确信，即使我最终未能说服我国的当权者停战，你也不会把终极能量用于战争和杀人。我说得对吗？"

卓君慧的眼泪夺眶而出！她猛烈地啜泣着，断断续续地说："是的是的……我绝不会使用……谢谢你的信任……谢谢你做的一切……"说到最后，她的感情失控了，失声痛哭着，"可是我没有料到你会这样啊，你完全不必那样啊……"

贝利茨忙安慰她："傻女人，干吗哭啊，应该高兴呀。我不过是失去了肉体，对，还失去了我头脑中肮脏的东西，现在，一个良心清白的我，在智力网络中得到永生，有什么不好吗？喂，"他把目光转到其他成员身上，"你们这些反应迟钝的男人，快点儿过来，安慰安慰那个小女人呀！"

格拉祖诺夫笑着，首先过来，把卓君慧搂到怀里，在他两米高的身体旁，卓君慧真成一个小女人了。然后，西尔曼和史林也来拥抱了她，吉斯特那莫提不大习惯这样的拥抱，走过来，向卓致意。她的泪水还在淌着，不过脸上已经绽出笑容。

贝利茨说："好了，开始正题吧，今天是什么日程？"

卓君慧说:"请你首先主持投票,决定是否接纳史林加入小组。然后大家联网,合力唤醒松本和司马完。我想唤醒他们是没问题的,我对此有百分之九十九的把握。"

"好的。不过,按原来的小组章程进行表决会有麻烦,因为它规定新加入者必须经全票通过,这会儿松本和司马并未失去成员的身份,但又不能进行投票,只能算作弃权。这样吧,咱们先以三分之二多数票对章程进行修改,将'全部成员同意'改为'全体成员同意或不反对',再进行接纳表决。行不行?"

大家表示同意,于是首先对一六〇小组章程的修正案进行表决,五票赞成,两票弃权,刚好超过三分之二票数,修正案获得通过;再对接纳史林的动议表决,仍是相同的票数通过。

贝利茨说:"史林先生,祝贺你。你已经成为一六〇小组的正式成员。"

史林激动地说:"谢谢大家的信任。我会努力的。"

他随即在保密誓约上签了字。贝利茨提出第三项动议:重新选举一六〇小组的组长。"我将永远是一六〇小组的成员,但仍由我担任小组长就不合适了。显然,我以后出门不大方便。"他开着玩笑,"因此我建议大家新选一个组长。作为原组长,我推荐卓君慧继任,因为,经过这场惊天大事变,她的睿智、果断、处事周详,更不用说品行的高尚,都是有目共睹的。请大家发表意见。"

四个成员都表示同意。卓君慧没有客气:"那我也投自己一票吧。谢谢大家,我会努力去做,不让老贝落个'荐人不当'的罪名。"

"我相信自己绝不会走眼。那么，我现在正式交棒，请新组长
主持以下的议程吧。"

　　卓君慧为其他四人连接了神经插头。当史林头上对接的插头
被打开、又同大家进行联网后，他感受到了此生最奇特的经历。
首先，他的自我被突然劈开，变成史林 A 和史林 B。两个独立的
意识在空中飘浮着，像是由等离子体组成的两团球形闪电。然后，
两"人"同时进入一个大的智力网，或者说他的大脑突然扩容，
这两种说法是等效的。现在这儿包含了史林 A 和史林 B、西尔曼
A 和西尔曼 B、格拉祖诺夫 A 和格拉祖诺夫 B、吉斯特那莫提 A
和吉斯特那莫提 B、老贝利茨（他是以整体存在），以及一个非常
大的团聚体——那是从电脑亚伯拉罕的电子元件中抽出的意识，它
对集体智力主要提供后勤支持（巨量信息）。这些智力场相对独立，
各自有自己的边界，但同时它们又是互相"透明"的，每个个体
都能在瞬间了解其他个体的思维。这些思维互相叠加，每一点神
经火花的闪亮都以指数速率加强，扩展，形成强大的思维波。

　　史林（史林 A 和史林 B）在第一时刻就感受到了合力思维的
快乐。那简直是一种"痛彻心脾"的快乐，其奇妙无法向外人描述。

　　现在，这个共同体开始了它的第一项工作——唤醒沉睡者。在
智力网络中还有四个黑暗的团聚体，只能隐约见到它们的边界。
它们沉睡着，其内部没有任何思维的火花。其他团聚体向这儿靠

近，向它们发出柔和的电脉冲，那是在呼唤："醒来吧，醒来吧，战争已经结束了。一六〇小组的伙伴们在等着你们，亲人在等着你们。醒来吧！"

没有回应。电脉冲越来越强，像漫天飞舞的焰火。但那四个黑暗的团聚体仍执拗地保持沉睡。这时，又有两个球形亮团加入进来，是卓君慧（A 和 B）。她镇静地对大家说："不要急。如果一时唤不醒，就撇下他们，开始你们对终极理论的进攻吧！也许这样更容易唤醒他们，因为，对终极理论的思考已经成了他俩最本能的冲动，比生存欲望还要强劲。"

于是，所有球形亮团掉转方向，开始合力进行对终极理论的思考。史林（A 和 B）乍然参加进来，一时还不能适应。或者说，他还不能贡献出有效的思维，只能慢慢熟悉四周。不过，他很快消除了与其他智力团聚体进行交流的障碍，建立了关于共同思维的直观图像。那是宇宙的生死图像，是空间的皱褶和抹平。几百秒的人类思维重演了几百亿年的宇宙生命。

这个"褶皱与抹平"的过程，在宇宙公式中已经得到圆满的解释，所以思维共同体没在这儿多停留。它们把注意力集中在奇点内部。奇点内部没有时间也没有空间，处于绝对的高熵或者说混沌，没有任何的有序结构。但超级智力仔细探索着，在极度畸变的奇点之壁上发现了一种悖论式的潜结构——它们是不存在的，绝对不会有任何信息显露于奇点之外；但它们又是潜在着的，一旦奇点因量子涨落而爆炸，"下一个"宇宙仍将以同样的方式从空间中撕裂出同样的粒子。

也就是说，一个独立于宇宙之外的上帝，仍将以同样的方式创造另一个宇宙。

关于这一点，思维共同体也已经形成共识，所以合力思考的重点是：如何在"奇点之外"的宇宙中设法验证这种悖论式潜结构；或者说，如何在我们宇宙之内验证宇宙之外的潜结构。按照拓扑学理论，这两种说法也是完全等效的。

思考非常艰难，即使对这样的超级智力而言也是如此。一个想法在某个团聚体中产生，立即变成汹涌的光波漫向全域。随后，更多的光脉冲被激发，对原来的光波进行加强，产生正反馈，使它变得极度辉煌。但这时常常有异相的光脉冲开始闪现，慢慢加强，冲销了原来光团的亮度。于是，一个灵感就被集体思维所否决。然后，是下一个灵感。

思维之大潮就这样轮番拍击着。在思考中，史林（A 和 B）感受到强烈的欢快感，比任何快感都强烈。他迷醉于其中，尽情享受着思维的幸福。不过，今天的智力合击注定仍然得不到结果。因为，在周围辉煌光亮的诱惑下，那四个黑暗的团聚体中，忽然迸出一个微弱的火花。火花一闪即逝，在漫长的中断后，在另一个团聚体中再次出现。火花慢慢变多了，变得有序，自我激励着，明明暗暗，不再熄灭。忽然，"哗"地一下，一个团聚体整个亮了起来，并且保持下去。接着是另一个，又一个，再一个，四个团聚体全部变得辉煌了。

其他人一直沉醉于幸福的思考，没有注意到四个沉睡脑半球的变化。但卓君慧（A和B）一直在关注着。这时，她欣喜地通知大家：喂，你们先停一停，他们醒了！

她从智力共同体中退出，并且断开了其他人的神经连接，最后再断开那两个植物人的。在未断开前，松本和司马完已经醒了，他们睁开一只眼，再睁开另一只眼，生命的灵光在半边脸上掠过，又在另外半边脸上掠过。等卓君慧把他们的左右神经接头各自对接，他们才完全恢复正常。他们艰难地仰起头，司马完微微笑着："是不是——战争——已经结束了？"

他的话音显得很滞涩，那是沉睡太久的缘故。松本也用慢半拍的语调说："肯定——结束了，我刚才——已经感受到——共同体内的——喜悦。"

卓君慧同松本拥抱，又同丈夫拥吻："对，已经结束了，而且——没人使用终极能量。也没有战败国。"她喜悦地说，"我也没有打败仗啊，在唤醒手术中我总算成功了。松本，老马，我为当时的行为向你们道歉。"

两人都很喜悦，也有些赧然。司马完自嘲地说："应该道歉的是我。很庆幸，我的激愤之念没有变成现实。"

松本也说："我和你彼此彼此吧！卓女士，谢谢你。"

其他成员都过来同两人拥抱。贝利茨在屏幕内说："别忘了还有我呢！你们向屏幕走过来吧，原谅我行动不便。"

两人还不知道贝利茨的死亡，疑惑地看着卓君慧。卓难过地说:"非常不幸,老贝牺牲了,为了配合我……"

她没有往下说,因为两人已经完全理解了。他们立即向屏幕走去。刚刚从一个月的沉睡中醒来,他们的步履显得僵硬和迟缓。两人同屏幕中的老人碰碰额头,心情既沉重,又充满敬意。贝利茨很理解他们的心情,笑道:"我在这儿非常舒适,你们不必为我难过。司马,"他坦率地说,"多学学你的妻子,她比你更睿智。"

"我已经知道了。我会学她。"

卓君慧说:"我刚才和老贝交换了看法。从某种角度上说,我们的一六〇小组是现存于世的最大危险。我们创造了远远超过时代的科技,对于还未达到相应成熟度的人类来说,它其实是一个时刻想逃出魔瓶的撒旦。当然,我们也不能因噎废食,把小组解散。但要做更周密的防范。我想再次重申和强化小组的道德公约。第一条:一六〇小组任何成果均属全人类,小组各成员不得以任何借口为人类中某一特殊群体服务。第二条:鉴于我们工作的危险性,小组成员主动放弃隐私权,在大脑联网时每人都有义务接受别人的探察,也可以对其他人进行探察。你们同意吗?如果同意,就请起誓。"

每一个人依次说:"我发誓。"

司马完又加了一句:"我再也不会重复过去的错误。"

他们在誓约上郑重地签了字。

史林着急地说:"我能不能提一个动议?我想,我们的下一步工作是把终极能量用于全世界,当然是出于和平目的。能源这样紧张，把这么巨量的干净能源束之高阁，那我们就太狠心了！如果这个冰窟窿不扩大，战争早晚还会被催生出来。当然，在终极能量投入使用前，要先对人性进行彻底净化。"

大家都互相看看，没有作声。屏幕中的贝利茨叹了口气："我们会朝这个方向努力的。不过，你说的人性净化恐怕是另一个终极问题，现在还看不到胜利的曙光。和人打交道不是物理学家们的强项，不过，我们尽量早日促成它吧！"

铁血年代 / 燕垒生

牺牲是一种命运

"是这家吗？"

我掏出通知，对了对门牌号。没有错，确实是这家。我点了点头，让她走在前面。

其实谁在前都没什么，只不过，让这户人家开门后见到的是一个女子，可能心里要好受些。

她按了按门铃，里面传出来一个人趿着鞋的声音。我百无聊赖地看看四周，不知为什么，突然很想抽烟。只是就这么点儿时间，做事时抽烟总不太好。

门开了，一个男人探出半张脸看了看我们。

她用尽量平静的声音问道："请问，这里是邓宝玲的住宅吗？"

这男人有点儿狐疑地看了看我们，脸一下变得煞白，道："你们……你们是……"

她还想解释什么，我有点不耐烦地走上前，"我们就是。请邓宝玲女士快和我们走吧。"

"她还在梳洗，请你们……稍微等一下吧。"

我站在她身后，刚想说什么，她已经抢先说："没关系，让她慢慢来吧，我们等她。"

那男人有点儿如释重负地道："那，请进来坐坐吧。"

她走了进去。尽管对她那种心慈手软有点儿不满，我还是跟着她走了进去。在13个行动组中，她是唯一一个女人，我还是得随着她点儿。

邓宝玲家里并不是太富裕，但整理得很干净，墙上还挂着几幅廉价的中国画复制品，倒也并不恶俗。

一进他家客厅，刚坐下来，我便说："请邓宝玲稍快一点儿吧，我们还要赶时间。"

男人低着头，道："好，好。"

他抹了把眼角的泪水，这时，内室的门开了，一个只有十二三岁的男孩子走了出来："爸，妈说……"他一见我们，像是被砍了一刀一样，叫了起来，"爸！你说过不叫他们来的！"

男人没说什么，我的女同事站起身道："小朋友……"

那小男孩冲过来，想要去打她。我站起身，一把抓住他的手腕。他的手乱抓着，两脚还向我腿上踢来，嘴里叫着："不许你们把妈妈带走！"

我把这男孩拖开几步，顺便看了看手腕上的探测器。还好，并没有信号，这男孩还是个正常人。我抓着他，对那男人道："请把你儿子管好吧。"

那男人又抹了把眼泪，一把抱住这男孩，道："小康，听话，妈妈是跟叔叔阿姨住院去的。"

"你骗我！大人说过，妈妈会被烧掉的！我不要妈妈被烧掉，爸，爸，你去打他们，去打啊！"

这男孩像一头凶猛的小兽一样，在那个男人手里挣扎着，还想着冲过来打我们。男人死死抓着他，即使男孩在拼命咬着他的手。

"小康，别闹。"

内室里，一个女人又走了出来。我有点儿惊愕，几乎有点儿妒忌这男人了。

这邓宝玲是个美人，虽然她现在已不再年轻，依然还有着很大的魅力。

"请问，你是邓宝玲女士吗？"我甚至听得到自己语气里的惋惜。

"是的。我准备好了，我们走吧。"

那男孩已经不闹了，突然大哭起来，叫道："妈！妈！"

邓宝玲蹲到男孩跟前，摸了摸他的头，道："小康乖，要听爸爸的话，妈妈会经常来看你的。"

她站直了，对我们道："对不起，让你们久等了。"

她的镇定令我也不禁有点儿佩服，我侧了侧身子，让她先走过去。

门关上了。门里，还传来那男孩的哭声。邓宝玲突然用手掩住嘴，无声地抽泣着。我的女同事表示关切："没事吧？要不，再看看你儿子？"

这是违反纪律的，可是，我也没有阻止她这种做法。我坐在驾驶座上，敲了敲方向盘。如果她还要回去看看，我就不发动车子了。

"不用了，多见几次也没用，还不是一样。"

邓宝玲坐进了车子的后座。等女同事坐到副驾驶座位上，我按了下启动钮。

车开了。在离开那幢楼前，我用余光扫着大楼——不少窗子都开着，也几乎千篇一律，每个窗前都有一些目光呆滞的人看着我们，不带什么感情，只是看着。这幕场景，许多年前曾经在噩梦中见过，我没想到居然会有成为现实的一天。

这车是特制的，前座和后座用强化玻璃隔开，是专门运送感染者的。当我开动车时，后座就完全被封死了，外界的一点儿空气也进不来，完全是一个密封的铁箱，要是待久了会憋死人的。其实，不少时候连这点儿空气也不需要，后座的杂物箱里放了几颗氰化物胶囊，这是专门给那些不那么坚强的人准备的。我向局长提过几次意见，要求别把氰化物胶囊放在车上，可以下车后由我们提供，不然把死尸弄出这个铁箱是很困难的。可局长说这是上级的意思，上级说要尊重公民自己的选择。

我开着车，在肮脏的大街上走着，心里却是一阵阵寒意，很不祥地想到小时候看过的一个古希腊神话——推着石头上山的西西弗斯。我现在做的一切，与西西弗斯不也很像吗？在那些大街小巷里，每时每刻会出现多少感染者？我们又能处理掉多少呢？

我心里有点儿烦，打开了车里的全方位激光音响，顿时，传来一阵柔美的江南丝竹之声。

那是女同事爱听的音乐。我不由自主地看了看坐在边上的她。在她脸上，没什么表情，只是，眼神有点儿茫然。

处理场马上就到了。我打开后座的车门，邓宝玲走了出来。我注意到，自己手腕上的探测器显示屏上，格数又上升了一格。

"到了，请服药吧。"

邓宝玲手里已经抓了一颗药，但她像是没听到，只是看着远处。

处理场原先是个垃圾填埋场，现在好久没用了，长出了不少草和灌木，看上去倒比以前正常开工时干净得多。因为是秋天，草木都半凋了，没什么生气，对面一阵风吹过，扬起一片尘土。邓宝玲近乎贪婪地看着四周的一切，忽然，像是自言自语地道："你们放了我吧。"

我皱了皱眉，道："不要想这些了，放了你，你也没几天好活，却有可能害死一大群人。你总不想这样吧？"

邓宝玲转过头，看着她，道："小姐，你就发发善心，放过我吧，我保证不会害人的。"

她没说话。这些话我们听得多了，我从怀里摸出一张照片，道："你看看这个吧。"

那是一张未公开的新闻照片，是好些年前一个体内食尸鬼已经孵化的感染者的样子。那时感染者不多，这个感染者不知为什么逃过了每周一次的大检查，可能是家里的亲属帮他瞒下来的吧。结果，当邻居听到从那家人房中传出凄惨的叫声，通知警察来时，在那户人家里，人们看到了如同最恐怖的噩梦中才会出现的景象。因为太过血腥恐怖，尽管这照片可能是让感染者自愿结束生命的最好武器，市长也严禁媒体发布，只是让我们带在身边，给那些事到临头失去勇气的人看看。说实话，带着这么张照片在身边，我也很不舒服。

邓宝玲看了看照片，像看见一只蟑螂或者死老鼠一样。我多少有点儿幸灾乐祸，道："好了，请快点吧。"

邓宝玲闭上了眼，一下把那颗胶囊吞了下去。

氰化物，几百年来一直是一种使用频率很高的毒药。虽然随着科学的发展，自杀的手段也日新月异，但它依然受人青睐。

看着她的身体慢慢变得僵硬，呼吸停止，我从杂物箱里取出一瓶高能燃烧剂倒在邓宝玲的尸体上。这具尸体虽然失去了生命，但还是有些魅力的。从某种意义上来说，邓宝玲在这时死去是一件好事，至少她留在世上的一切都还会让人有好感。如果她的丈夫和儿子能幸运地活到自然老死的时候，他们也许会想念这个美丽的妻子和母亲吧，而不是想起一个噩梦。

我取出枪，扣动了扳机，一道火光喷出，邓宝玲的身体一下子被火舌吞没。在火光中，她的身体开始拼命扭动，发出尖厉的声音。当然，这声音并不是她发出的，可是听起来却像是她在挣扎喊着救命。我饶有兴味地看着这具会动的尸体化成灰烬。

我注意到，女同事闭上了眼，不敢去看。

天色已经暗了下来。今天我们跑了三次，已完成定额。只是，我也觉得那不过是自欺欺人而已。连前些天的新闻里也说，感染者已达 3.2%，以 1000 万人计算，该有 32 万人之多。可按我们的进度，13 个行动组，每天处理 40 人上下，全做完的话那要多少年？有时我觉得，我们的存在更类似于安慰剂而不是特效药。

天空中划过一颗流星，在宝蓝色的天空里，只不过一瞬，但我好像听到了玻璃破碎的声音。女同事垂下头，嘴里默念着什么。

我笑了："流星早灭了。"

"是。"她抬起头，我看见她的眼里，依稀有点儿泪光。

"你还相信这些？呵呵，长不大的女孩儿。"

"好吧，我们走吧。"她说着，飞快地用手抹了一把眼泪。我本想说两句打趣的话，可是，心头一酸，没有说出来。等她坐进车，我踩了下油门，又打开了车上的音响。

她是总局技术部主任老计的女儿。老计的兴趣，一是发明各种东西，二是喝酒。我刚进总局行动组时，她经常穿了一身旧衣服来给老计送饭。那时我也才二十出头，看着她 16 岁的身体像只有十一二岁那么干瘪，做梦也想不到 8 年以后她会以总局第一美人的身份成为我的同事，而且是在这个一般人无法忍受的行动组里。

虽然我们是同事，私下却从没有交往。不过，我还是从别人嘴里听到了她家里的事。老计的妻子早亡，有一段时间他颓唐至极，而她那时才 5 岁，居然就撑起了一个家，每天一早去买菜，回家洗一下，在比她还高的灶台上做两个人勉强能下咽的菜——当然那是她小的时候，后来她的厨艺已经够好的了。

如果不是亲眼看见，我也想象不到她那看似柔弱的身躯是这么坚强，以至于以说怪话出名的我，也无法对她多说几句挖苦话。

我们回到了市中心。车开过大街，一辆慢悠悠的车迎面开过来。那是市电视台的宣传车，一个听上去掩饰不住惊慌的声音从车上传来，"紧急通知，紧急通知！请所有市民立刻收看收听电视广播，市长即将发布紧急通知！"

我看着那辆漆得像救护车一般的宣传车开过。不知道那些政客又想出什么花样来了，可能又要发药品吧。宣传会议开过好几次了，有时发布的是异想天开的新疗法，有时提出的是毫无可行性的建议。不论哪一类，过不了多久都被证明没有任何用处。

我手腕上那兼用作通信器的探测器突然又发出了尖厉的声音。我看了看，道："要集合。今天晚上到底出什么事了？"

一回到总部，门口总台的七号大声道："行动组，马上去会议室集合，就等你们了。"

我和她走进会议室，整个特勤局的人似乎都到齐了，行动组的人坐在最前面几排，整整齐齐。可是，我注意到第六组的古文辉却不在，和他同一组的柯祥坐在靠过道的椅子上哭得像个泪人一样，文秘室的"花瓶"正在用纸巾擦着他的眼泪。我不太看得惯他这样，就坐在了另一边。

"老王，出什么事了？"我坐下后，悄声问坐在前面的第四组的王世德。

王世德回过头，小声说："你不知道吗？古文辉被寄生了。"

尽管我一向不喜欢古文辉（当然，他也不喜欢我），但不能否认，他确实是个很称职的人。我们这 13 个特别行动组、26 个成员里，他是出类拔萃的一个，比我的能力强多了，这一点我也不得不承认。他和柯祥俩人总是安安静静地携手走在大楼里，我见了心里直发毛。可是，昨天还在让我发毛的人，今天就不见了，实在让我感到空落落的。

"不是有治疗的办法吗？"我们身上都带着老计研制的疫苗，在刚被寄生的十分钟内，趁虫卵尚未进入循环系统，便可以杀死它。

王世德的脸上满是无奈："在古文辉身上失效了。"

局长和老计走了进来。老计手里抓着一卷录像带，他走上台，打开录像机，灯灭了，墙上露出一个亮块。老计站在阴影里，慢慢地说着："大家也知道了，六组的古文辉在今天执行任务时，受到一个感染者的袭击，尽管他及时使用了疫苗，但是疫苗已经失效。我们已经为他做了全身换血，可是，在他的血液里，还是发现了食尸鬼的幼虫。你们看，这是他的血液样本放大图。"

那亮块是一种淡红色，当中有一些褐色的小长条在不停地蠕动。这些小长条看上去毫不起眼，可是，有谁知道，这种不过 0.03 毫米的幼虫子，竟然会在人身体里长成近一厘米长的成虫。

黑暗中，王世德道："不能再次全身换血吗？"

老计道："不可能了。这些幼虫在人体内已经开始繁衍，我粗略计算了一下，每条幼虫两小时就会分裂繁殖一次。这种以几何级数增长的方式，我想大家也应该知道后果——一条幼虫在8小时后，就成为16条；20小时后，成为4096条。比以前的繁殖速度快了许多。"

有人惊慌地说："那……也就是说，一旦被食尸鬼咬过后，就是死路一条了？"

老计站在屏幕的边上，只看得到他的身影。他慢慢地说："理论上，的确如此。"

剩下的二十几个行动组成员中发出了惊呼。以前，有疫苗发到成员手中，人们尽管很害怕食尸鬼，却并不太担心。老计的话，等于是把最后一线希望也打破了。

局长在黑暗中站起身，刚想说什么，突然有人站起来，抢过话头，道："局长，我要辞职。"

像连锁反应发作，一下子又站起来了好几个人，这种局面局长并未料到。

灯亮了。

我看见了局长脸上的憔悴和不安。

"大家静一静，"局长晃着手，"请听我说一句。"

人们静了下来，他毕竟还留有以前的威信。在灯下，我看见他的头发已白了许多。

"刚接到通知，本市已被列入极度危险名单，特勤局已被当局撤销，所以大家不必辞职，过一会儿去财务室领补偿金，听候遣散。"

我叫了起来："这怎么行？火灾大了，怎么把救火的先撤了。"

他看了我一眼，苦笑了一下，道："政府已决定放弃本市，给了十天时间疏散人群。"

有人道："这消息公布了吗？"

"市长正在下紧急通知。老计，把电视信号接进来。"

老计还没说什么，那个"花瓶"突然尖声哭着，叫道："我不要看，我要回家！"

以前，"花瓶"发出这种神经质的叫声时，总会有不少护花使者一拥而上，可现在，也许所有人都惊呆了，没有人理睬她，每个人都木然坐着。老计在桌前转了一会儿，市长的模样在墙上出现了，以前气宇轩昂的他，现在更像一个泄了气的皮球。

这则消息是循环播放的，市长正说着："……发扬人道主义精神，争取能抢在事态恶化以前离开本市。"说到这里，他已经把身体靠在椅背上，如释重负一般，画面一跳，却又正襟危坐地说，"全体市民请注意，鉴于目前那种寄生虫已经失去控制，即日起，本市在四周已设立了五百个检查站，并开始发放离市许可证。所有接到离市许可证的市民可就近接受检查，确认正常后即可离市。请大家不要惊慌，所有检查站都是 24 小时开放，一定会让所有健康市民离开本市，以防发生无法弥补的遗憾。大家要发扬人道主义精神……"

我没再听市长的讲话了。事实上，会议室里也已乱作一团，也听不清市长在说什么了。我也学着市长的样子把身子靠在椅背上。

一开始，谁也料不到，一种小小的寄生虫会造成这样的后果。也许，这世界真的已到了末世吧。

那"花瓶"叫道："局长，快给我许可证！快给我！"边上还有几个人也围着局长。局长手忙脚乱，大声道："许可证不是由我发布的，请自行去市公安局领取，每人限领一份。"

我摸了摸口袋，袋里的烟还有半包。总算有时间抽烟了，我想。

我把烟在盒面上敲了敲，又叼到嘴边。

如果以前在这里抽烟的话，一定会扣罚奖金的，但这时恐怕也不要紧了。我点着烟，吐了个烟圈。现在几乎所有人都围着局长，局长一边费力地向外走，一边说着什么。这里吵得像个菜市场。我注意到，只有三个人没动——老计、柯祥，还有她。

我没有和别人一起去财务室，而是到了局长室。我没敲门就闯了进去，局长正在收拾东西，他抬起眼看看我，似乎也没有在意我的无礼："你领好钱了？我们走吧。"

我没动。

他看看我，诧异地问道："有什么事吗？"

"为什么不坚持到最后一刻？从小你就教育我，做事绝不能半途而废。做人，就要做得像个英雄。"

他笑了，笑容里带着无尽的苦涩。

"你走吧。有些事，不是人力所能摆平的。"

我看着他，想看出他眼神里的怯懦，可是他却坦然地看着我。在这个培育了我十多年，让我接受教育的人身上，我只能看到他的坦然。

"如果你愿意再做一点事，就和我一起到检验处去吧。这十天，大约要检查几百万人，人手缺得很。"

我终于退却了。我低下头，喃喃地说："好吧。"

"在这种形势下，有谁能只手挽狂澜？不要太英雄主义了。你先回去吧，明天我通知你。"局长拍了拍我的肩，想再说什么，最后还是没说。他自顾自地整理着办公桌，把那些过时的文件拿出来堆成一堆。

我退出局长室，不少人已经骂骂咧咧地从财务室走了出来。以前一向很肃穆的特勤局，现在像个娱乐场所。

我走进财务室，出纳小姐白了我一眼："你怎么来得这么晚？都最后一个了，害我也一直等着。"

我拿起笔："对不起。"伸手在液晶书写板上签了自己的名字。电脑里，已经有一长串名字了吧……我放下笔后问道："老计他们也拿了？"

她道："老计早就来拿了，而且把他女儿那份也拿走了。"

她也拿了？我心中不禁有点儿失望，但马上明白，难道拿属于自己的工资也错了吗？我是有点儿求全责备了。

　　走出大门，在马上要离开时，我不禁回头看了看。这幢高大的特勤局大楼马上就要成为空楼了。我叹了口气，又摸出一根烟，点着了。

　　街上人来人往，各种牌子的磁悬浮轿车依然不停地穿梭在大街小巷。只是，这一切都像一块画布被抹上了一种错误的颜色，尽管景物还和以前一样，却总透出一种病态的感觉。

　　第二天，局长叫来了我。他带我到市区边界的检验处报到。自从公众知道出现了一种寄生虫，几乎一夜之间，这个市的四面都设起了电网。昨夜市长的紧急讲话发布以来，出市的人如狂潮一般。五百个出市口不算少，却也有些不够用了，每个人都希望早日离开。以前那电网外五步一哨、十步一岗，擅自外出者便会被就地正法。现在可以合法外出了，那些有钱人都有点儿迫不及待了。

　　对于偷越出市的人，军队接到命令后，格杀勿论。以前很繁忙的空中出租车也停开了，军队中的每个士兵都配备有小型激光制导对空导弹，对那些想偷一辆空中出租车私逃的人而言，绝对是死路一条。假如真有一个病人逃出去，极有可能造成连锁反应，使得全国暴发一场大灾难。

　　我加入的是化验组。我不太会摆弄仪器，给我的任务是采血。

为了防止作弊，所有出市的人一律要经受辐射扫描、验血、消毒三道手续，我的任务是在每个人臂弯处的静脉上现场抽出 20 毫升血，注入试管后，放进自动检测仪。

食尸鬼只寄生在人身上，没有发现别的动物感染过，这类似于某些寄生虫只寄生于某一种牲畜身上。但为了防患于未然，所有宠物一律不得带出，一切随身衣物都要经过高温消毒，即使是正常人，也要经过严格消毒才能外出。通过的人欢天喜地坐着军用卡车前往郊外的火车站，等待离去。自从发现食尸鬼以后，政府极为重视，几乎是在一夜之间，城市就被军事化管理了。以前外出手续非常复杂，现在却以前所未有的高效率运作着。只是我总觉得，这种检查方式未免过于简陋，难以保证绝对正确，万一有一个漏检的，只怕会引起难以预料的后果。但我向上级反映后，得到的却只是一个标准的官方回答："您的意见已收到，近期将进行讨论，感谢您对政府工作的支持。"

我现在的工作，也就是叫人撩起袖子，然后，把注射器针头刺入他的动脉，抽取 20 毫升的血，仅此而已，如果这也叫工作的话。

轮到下一个了。他穿着一件笔挺的西装，料子相当高级。他撩起袖子，我像一台机器一样，精确地把针头刺入他的臂弯处。他把袖子放下，道："请问，什么时候能知道结果？"

"很快，请稍等。"

我用他的血液样本压住他的申请单。人们大多像他一样，急不可耐地想要离开这个地方。这个人文质彬彬，看上去很像个有文化的人，可是他的表现和那些操皮肉生意的浓妆艳抹的女人、大腹便便的官僚差不多。其实他完全不必担心，我的手腕上戴着探测器，如果他体内已有食尸鬼寄生，探测器一定会有反应的。

"能不能快一点儿？我急着要走。"

"很快的。"我没抬头，忙着给下一个抽血。这时，自动检测仪突然发出了蜂鸣，在那边敲图章的人跳了起来，冲到检测仪前。我有点儿奇怪地看了看那台机器。

那人抽出了一张申请单，念道："成凡，成凡是哪一位？"

我转过头，又有一个不走运的人了。检验处的门口装有一架高灵敏度的探测仪，那些已经有危险的寄生者根本走不进来，只有那些刚被寄生的人，因为虫卵密度很小，才能躲过门口的探测器，可是，却逃不过这台号称准确率高达 99.96% 的血液样本检测仪。食尸鬼以体液交换方式传播，尽管科学家宣称蚊虫叮咬不会传播，可我却知道监狱里的囚犯就有被寄生的，因此，患者也许自己也不知道自己已被寄生。有时，我会有点儿幸灾乐祸——以前如果来一次全民彻底大检查，其实完全可以即时消灭那种寄生虫，正是上头那些人莫名其妙的想法、新疗法、新药品，反反复复地拖延时间，才使得每周一次的例行检查成为一纸空文，以致我们这 13 个特别行动组的一切努力都成了徒劳。

这时，我看见了那个人。他脸上，出现一种惊愕和恐惧混合在一起的奇特表情。我刚想说句什么，他突然向我扑了过来。

这是不正常的现象。此人体内的虫卵并未孵化，不然不会通过大门口的探测仪的。这时的人，并没有危险性。只有那些体内食尸鬼已经从蛹中孵化的人，才会像晚期狂犬病患者一样见人就咬，另外几方面的症状和狂犬病也很类似。

我根本没有防备，但严格的训练让我的反应比他快得多。我的右手一把托住他的下巴，他白白的牙齿就在我的虎口间合拢，咬了个空。他的双手乱抓着，我把右手向外送了送，叫道："保安，快按住他。"

突然，我的臂部微微一疼。两个身强力壮的保安已死死按住他的两条胳膊，他的腿还在拼命踢着，踢得化验台上的东西也在乱震。我这时才发现，他在乱抓的时候，把一个针头扎入了我的胳膊！

我的心一下抽紧。如果这是个用过的针头，谁知会不会带有食尸鬼虫卵？但马上我就放心了。

用过的针头都扔进了化验台下的一个高能焚烧炉里，被立刻烧毁了，化验台上的针头都是经过严格消毒的，没有用过，肯定是安全的。我拔下了针头，上面还带着一点儿血。

我的制服是不透气的，但到底不是铠甲，一根针头还是轻易就扎透了。我撩起臂上的衣服，手臂上一个小小的针孔里，正冒出一滴圆圆的血珠。我挤了一下，用吸管吸了些血放在载玻片上，做了个样本，交给在一边的手工化验员，"快给我化验一下。"

不管怎么说，绝不能大意。我拔出腰刀，把刀尖贴在那针孔边上，如果化验员说我血液中已有虫卵，我会立刻把那儿的一块肉都割下来。

那个成凡已经不再踢打了，保安还不敢放开他。危险分子完全可以立刻交给警方消灭——也许，他们也已经把他列为危险分子了吧。可是我知道，他目前思维完全正常，他要咬人，不过是一时神经有点错乱吧。

"一切正常。"

化验员抬起头看看我，我不由得松了一口气。

那个成凡不再挣扎，坐在地上哭了起来。每一次申请都会在中央计算机里留下基因信号，这次出不去的话，他以后别想再出去了。可是，尽管他差点儿要了我的命，不知为什么，我却没法恨他。我走出化验台，走到他身边，蹲了下来，"想开点吧，就当一切都是天注定的。"

他抬起头，笔挺的西装已经一塌糊涂，"对不起，我妈得了重病，我一定要回去看她。"

我沉吟着。每个人都有这种、那种的理由，可是，规定却是死的，绝不能变通。局长告诉我，一定不能弄错一个。

"这样吧，我再给你化验一个血液样本，再给你用人工看一看。"

他一把握住我的手，想站起来，那两个保安还是死死摁住他，我说："放开他吧。"

我带他到化验台前，那两个保安跟了过来，一左一右地架着他。正在排队的下一个道："喂，有完没完，我都等了半天了。"

人太多，各个取样的窗口都挤满了人，我这儿本来就还有不少人，因为闹了这么件事，新来的不许再排了，可已经快轮到的人却不肯走开。我赔笑道："请不要着急，很快。"

成凡撩起左袖，我在他另一条手臂上取了 20 毫升血，又做了个血液样本，安慰他道："机器并不是很准确，说不定会出错。"

"不会错的。"他的眼里充满了绝望，却还带着一点儿明知不可能却还想再试试的希望。我能对他说什么，说他可能属于机器出错的 0.04% 吗？我只能对他说："希望机器出错了，机器也会出错的。"

这样的话，连我自己听着也觉得虚伪。

这里，第二次化验结果出来了。化验员没说什么，递给我一张化验单。

每立方厘米血液中检验出虫卵 12 个。

这个数字并不多，如果在以前，老计和他的同事们研究出的疫苗就可以治好他。可是，现在，这个数字没什么意义，就算每立方厘米只有一个，患者一样都被判了死刑。

他听到这个结果，眼里亮了："可医治的极限数字是每立方厘米 50 个吧？"

"是。"我不敢跟他说，这个数字已经作废了。

"那我还能治好？"他的兴奋很真诚，"谢谢你，谢谢你。"

"什么时候都不要放弃希望。"送他出去时，我言不由衷地说。

看着他的背影，我的心头一阵颤抖。欺骗是什么？古代一个哲人说，"欺骗如果是善意的，那比恶意的实话要好。"可是，一个空幻的希望，又有什么用？什么时候都不要放弃希望？可是，在没有希望时还要人抱有希望，那只是种残忍。

回到检验台前，我开始给下一个人抽血。

检验处的人，24小时不断，分为3班。我这一班到下午5点就下班了，本来检验处的人都实行军事化管制，每个人都有宿舍，但我是第一天报到，还没分配给我。

回去的时候，看着街上变得空空荡荡的，我心里一阵凄楚。说不清那是什么滋味，事不临头时总是很达观地想，天塌下来压的也不是我一个，可是真正碰到这种事时，每个人还是惊恐万分。

生命，毕竟还是最宝贵的。

路过一个正在大甩卖的小店，我用几乎白拿一般的价钱买了两瓶酒。我想去看看局长，我贪杯的毛病是跟局长学的。工作后，我一个人住，好久没去他的住处了，可他毕竟是我的养父。

街上各店都在大甩卖，到处都是卖多买少，几乎每一个人都已经开始绝望了吧？我有点儿不祥地联想到沉船。记得局长在我小时候跟我讲过一个故事，别的都记不得了，只记得他说，船将沉时，船上的老鼠会早于人感知，争先恐后地逃命，即使是跳下水也在所不惜。那些扛着大包小包的人，让我联想到那群老鼠。

局长的住宅在城西，那是一片高层人物的住宅，我在那里度过了生命中最难受的12年，整日忍受身边那些趾高气扬的大人物的眼神，让我过早地变得敏感。

门卫还没走，盘问了我许久，才让我进院子。他一定不再记得，许多年前那个老是因为可笑的自尊而和一大群养尊处优的高干子弟打架的少年了，他感到奇怪的也许只是居然有人送礼只送两瓶酒吧？

局长住的也只是一幢公寓楼。要住独门独户，他的级别还不够，不过近200平方米的大房子，在寸土如金的时代，也不是常人所能想象的。我按响了对讲门铃，可是没人回答。

局长睡了？

我看看楼上。他那间屋子的灯亮着，一定在啊。我又按了下门铃。等了半天，却听得有人"嗵嗵"地跑下楼来，一个穿着风衣、戴着大帽子、像做贼一样的人走了出来。当然，我不至于傻到真会以为那是个在平民公寓里常见的"白日闯"。或许，那是个为了早日得到出市证而来送礼的人吧，只不过，此人羞耻之心未泯。

他推开门，匆匆地走了，走过我身边时似乎顿了顿，我没在意。我拉住门，又按了下门铃。尽管我有房门钥匙，可礼貌总得有吧。

还是没人回应。

我心中有了种不祥的预感。局长不是个颟顸的人，如果听到了，早就该回答了。难道会……

我冲上了楼。

局长住在四楼。我在门上敲了敲，还是没人回答。我摸出钥匙，刚插进匙孔，突然闻到一股淡淡的火药味。

出事了！

门一开，证实了我的预感，我看见局长倒在地上，胸口是一摊鲜血。

我把酒放在地上，直奔过去，抱起他的头，叫道："出什么事了？"

他的瞳孔已经扩散，似乎想说什么，可是，已经永远不会再说什么话了。

"谁，是谁干的？"

我毫无顾忌地大声叫着。尽管我一向只当他是我的养父，现在，却觉得他的确是我的父亲，是我的恩人。

他没有回答我。我也知道，这一枪正中他的心脏，他几乎是毫无痛苦地死去的。凶手一定是个受过严格训练的人，以我受过的那点儿半吊子军事训练基础，都看得出那人开枪时，手非常稳，一枪命中左胸。

忽然，边上一间紧闭着门的屋内，发出了点儿响动。我的心头一下燃起了怒火。我摸了摸腰上的火焰枪，尽管那并不是一把制式手枪，但在近距离内，也足以要人性命。

我走到门边，握住门把手。门反锁了，我扭了两下，门没开，退后几步，猛地上前，一脚踹去。

门开了，一个面无人色的老妇人发出了尖叫。

那是局长的保姆。

我有点儿失望，突然，屋内已经闯进了两个五大三粗的保安。

"什么事？"一个保安道。

我刚想说话，那个保姆尖叫着道："他……他杀了先生！"

我吃了一惊，但马上发现，我手上握着一把手枪，还一脚踢开了门，确实像个凶手，如果换个角度，我也会认为这么个人是凶手。我刚想解释，那两个保安取出了警棍，道："把枪放下！"

我迟疑了一下，一个保安猛地冲上前，一棍向我打来。我本能地用手一挡，只觉手腕处钻心似的疼，可能他打断了我的手腕，火焰枪一下掉到地上。我左手刚握住被打的右手腕，那个保安又是一棍，"啪"的一声响，那个探测器被打得粉碎，碎玻璃、小螺丝之类的东西一下嵌入我的皮肉中。还不等我叫出声来，后脑勺又被重重打了一下。

警察局局长把火焰枪还给我，道："手腕不要紧吧？"

我试了试，虽然还疼，却因为缠着绷带有点儿不灵便，其余的没什么不正常。我收好火焰枪，问："局长为什么被杀？"

"不知道。"他端过两杯茶，自己喝了一口，"现在是非常时期，公、检、法也彻底瘫痪了，如果调查一下，犯罪率一定几十倍于以前。唉，也没法，警察已经走了一半，现在只能维持一下最基本的治安。"

我猛地站起来，"难道，局长的死，只能是个无头案了？"

他没有看我，只是喝着茶，半晌才道："的确如此。"

"那个保姆怎么说？"

他苦笑了一下，"她一口咬定你就是凶手。事实上，她说凶手先和老于说了半天话，后来还争吵起来，突然就是一声枪响，而她从头到尾都只是躲在自己房里，听到枪声才从钥匙孔里向外张望了一下。"

我喝了口茶，道："她看见了什么？"

"她说就是你的背影。"他喝了口茶，"她一口咬定，那个持枪的人就是你，太肯定了，甚至说你就一直站那儿，直到踢开门想进来杀她。要不是我检查了你的枪，我都要相信她了。"

我有点儿绝望地说道："难道，没别的线索了？"

"没有了。"

看着我那副绝望的表情，他拍了拍我的肩，道："老于和我是几十年的老朋友，你也是我看着长大的，你的心情我理解。只是……"

"我知道了。"我打断了他的话，根本没有顾及礼貌不礼貌。

他说道："检验处你也别去了，快走吧，我给你开张离市许可证，明天你做个检查就走。"

走出警察局，我的泪水再也忍不住了。

天空中，星光闪烁，不时有几颗流星滑过天空，似泪水一般。我从口袋里摸出了那张许可证，细细地撕得粉碎，对着风撒去，看着那些碎纸片飞得到处都是，又慢慢地落在地上，像一群受伤的飞蛾。

沿着马路，我独自走着，摸了摸口袋，里面还有一包烟。我摸出了一根，点着了，让辛辣的气体充满肺部，又长长地吁了一口气，把那些烟气全吐了出来，似乎这样可以让我忘掉痛苦。路边，一家快打烊的店里正放着很久以前的一首英文老歌 *Take My Breath Away*，那是一部很久以前的美国电影里的插曲，也许店老板没注意到这歌的名字是那么晦气吧，放得欢天喜地，天旋地转。每个人都忙着整理东西，争取用最少的重量带走最值钱的东西；每一个人想的，也只是尽快离开。

据说，船上的老鼠在沉船前，会争先恐后地离开船只，哪怕四周是茫茫大海。或许，人和老鼠，并没有本质的不同。

当嘴里吸进来的烟变得灼热了，我把烟头扔在地上，用脚踩灭了。这时，我才发现，又来到了单位门口。大门紧闭着，局里竟然还开着灯。

"啊，你也来了。"

我回头，看见老计的女儿正提着一个饭盒，站在我身后。"你还上班？"我问道。

"我爸还在实验室干活，我给他送饭。"

"老计还没走？"

她点了点头，道："我爸说，他还想找找变种食尸鬼的对症药。"

"还有人在局里吗？"

她的脸有点儿阴沉，道："整个局里，就我们两个了……对了，还有古文辉。柯祥一开始来过几次，现在好久没来了。"

古文辉体内的食尸鬼大约还没孵化，他被放在实验室的隔离罩中，尽管没死，也已经没有知觉了。这是他的要求，把自己的身体献出来当实验材料。因为这一点，我多少有点儿敬佩他了，我想如果我处于他的位置，可能不会如此豁达。

"老计还在吗？我看看他去。"

她掏出钥匙打开大门，我跟她走了进去。只有走廊上开了一小排灯，以前那种肃穆已经荡然无存，现在，整幢大楼就像废墟一样，空旷冷清。在走过局长的办公室时，我不由得一阵心疼。

物是人非，世间最难堪事，无过于此。

老计的办公室还亮着灯。她推开门："爸，有人来看你了。"

老计正坐在一台显微镜前看着，抬头见是我，笑道："你来了？坐，坐。还没走吗？"

"还没走。"我不想告诉他，局长被杀了。

"来，喝酒，喝酒。"

老计贪杯这一点，和我有点像。老计女儿在一张小桌子上摊开了一张旧报纸，把拿来的一点熟食和酒放在桌上，自己拿了个小烧杯，给窗台上一盆植物浇水。老计把杯子给我，自己找了个干净的烧杯，倒了两杯，道："先干一杯吧，就当预祝我成功。我这个女儿，什么都好，就是不肯陪我喝酒。"

我端起杯子："老计，你真的不想走吗？"

他"呵呵"地笑了两声，拈了片猪头肉："你还不是一样。"

我端着杯子，眼却看着别处："我只是还有事没办完。"我不敢面对着他，怕他看到我眼底的泪光。

"说这些做什么，先喝酒吧。"他喝了口酒，"你要是乐意，来帮帮我吧，实验太烦，现在我也找不到人手。"

我几乎没有考虑，就说："好。"

我没有后悔，却也不觉得自己有多么了不起。我看了看她，她在一边掩饰似的忙着收拾东西，可我也看得出，她的眼里带着些欣喜，手忙脚乱中，水都洒到了花盆外。

老计的实验实际上也没什么难度——从古文辉身上取得食尸鬼的蛹后，用各种人类已知的抗生素之类的药物进行测试。可是到目前为止，还找不到一种可以有效杀灭食尸鬼的药物。我的任务，也就是帮助老计调配各种匪夷所思的药物。有些东西，要是中世纪欧洲的那些野蛮医生见了，只怕也要摇头，但我们已经没有退路了。

做完一天的实验，毫无进展。我和她告别老计，离开了局里。

街道上几乎没有人了。深秋的街道，本来就有几分萧条，现在更是显得衰败不堪，到处都是落叶，夹杂着垃圾、废纸。

她走在我身边，一声也不吭。这些天，她已经完全没有了以前那种英气，纯粹成了一个小女人。不知为什么，我突然问道："你有没有想过离开？"

她抬起眼，有点儿吃惊地看看我："当然想过。我劝过我爸，做那种事，并不是我们的责任。”

我笑了笑："你那么劝他，他肯定不会听的。"我也明白老计。老计的性格和我有些相像，都是认死理的人，打定了一个主意，就再不会改变了。说不清这是不是个好的脾气，反正，我已经不愿意再改变了。

她看着天："你说，你们的实验有成功的可能吗？"

我站住了："不管怎么说，那已经不是我们个人的事了，是为了整个人类。"

"是吗？"她冷冷地笑了一下。一阵风吹过，一张扯破了的报纸像小狗一样擦着地面滑到我的脚后。

"你不相信？"

"我只是希望你们能够成功。"

她深深地叹了口气，加快了步子，向前走去。我看着她的背影，突然感到一阵心酸。

一个年代有一个年代的英雄。如果我做不了这个年代的英雄，那只要无愧于心就是了，但我还是想做一个英雄。我默默地想着，忧郁地摸出一根烟，点着了，烟气冲入肺中，呛得很。

几天过去了，我们没有一点儿进展。

老计和我每天都在喝两盅之后，再像古代炼金的巫师一样想出一些匪夷所思的药物。只是，每天的几十次实验都以失败告终。杀死食尸鬼的唯一方法是提高热度。烧死患者，防止传染，我们一直在这么做，似乎用不着我们花那么大精力去发明什么，可任何活人都承受不了能杀灭食尸鬼的高温。麻烦的是，虽然在低温下食尸鬼发育得很迟缓，但古文辉体内的食尸鬼仍然一天比一天大，可能马上要孵化了。

一旦孵化，那么只能进行毁灭。我们贴出过征求志愿者的告示，也在硕果仅存的电视台里发了一回广告，可患者大概早不看电视了，根本没人应征。我怀疑还有一个原因是，老计那广告写得太吓人，什么"征求实验对象，保证毫无痛苦"，好像实验对象是要开膛破肚一样。

广播里又通知了一回，由于城里人口越来越少，检查站不再24 小时开放，改成早 7 点到晚 11 点开放，倒像是个便利店。

其实他们也不必多说什么，留下来的，除了患者，就只剩下我们三个傻瓜了吧。不知城里还有没有别的傻瓜。

我没把真的傻瓜计算在内。

第二天，我一大早就起来了。起床时，阳光明媚，今天是个好天气。梦中，我又回到了过去，那时特勤局还没有成立，我所服务的，只是一个做些维护治安工作的国家机构，而局长还是那机构的负责人。那时，老计女儿刚进局里来，只是一个因为长期营养不良而发育得不太好的女大学生……

为什么想这些？我觉得有点儿好笑，可是，现在我经常会回忆起过去，是因为局长之死的缘故吗？

我无言地穿戴好，从食品柜里翻出点儿营养品，对付着吃了一口。这些天来，这座城市像一个漏了的浴缸一样，每时每刻都有人像水一样流出去。过去一大早这宿舍区吵得要命，现在却一片死寂。

走到离局总部大楼还有几十米的街道拐角处，我远远地就看见一个提着皮包的人站在大楼门口。我走近了，有点儿忐忑不安。感染者体内的食尸鬼孵化后，人会陷入一段时间的疯狂，因人而异，从两小时到两天不等。以前，早期病人被发现后会送至医院，当不能治疗后，送回家由家人看护，到一定的时间则由特勤局负责消灭。但现在对患者的管理已完全失控，有时在街上走我都担心，会不会碰到一个食尸鬼已孵化的病人在我后脖颈上咬一口。

好在食尸鬼孵化后的人很容易从动作上看得出来。由于食尸鬼破坏了患者神经中枢，患者走路都像喝醉了一样，类似于古老的恐怖电影里的丧尸。现在提皮包的这人虽然有点儿失魂落魄，但动作很平稳，就算是被寄生了也没到危险的阶段。只是，这个人看着实在很熟悉，可我就是想不起来他是谁。

当我走近他时，那人正好抬起头，我看了看他，吃了一惊："柯祥！"

以前柯祥的胡子总是刮得干干净净，衣服一尘不染，说话细声细气。可现在，却大概可以用"男人中的男人"去称呼了——他的衣服皱巴巴的，胡子也有好些天没刮了，和流浪汉差不多，只是他的脸还是白白净净的。

他也吃了一惊，我们几乎同时说："你没走？"

以前，我们几乎没说过话，现在，我发现我其实也并不像以前那么讨厌他。我问道："你没拿到许可证吗？"

他有点儿失神地说："今天才拿到。下午要走了，我想……我想再看一次文辉。"

他那种含情脉脉的语调若是换作以前我听了一定就想吐，可现在却觉得那也是人之常情。也许，那也是种爱情吧，即使我不理解，但我也没权利去取笑别人，毕竟，每个人都有权选择自己的道路。

他有点儿自嘲地笑了笑："你大概在心里笑我吧。"

我不好说什么，尽管仍然觉得他的话有点儿可笑，可还是说："进去吧。"

他有点迟疑，问："阿雯在吗？"

我笑了："当然在，你怕她吗？"

"不是。"他垂下头，"她不让我见文辉。"

我打开门："进去吧，我带你去。"

我也看过古文辉，他在低温下一直保持假死状态，在玻璃罩里显得很安详，像睡着了一样，不知老计的女儿为什么不让柯祥见他。

关上门，我领着他走到实验室前。实验室在二楼，门正对着大厅。那门没锁上，我们时常要从古文辉身上取一点儿标本。当然，实际上只是用一个注射器抽取一点儿血液，没有想象的那么可怕。

柯祥把皮包放在门外，人站在玻璃罩前，像呆了一样看着里面的古文辉，他眼里淌下了泪水。我没有打扰他，轻轻地退了出去。

掩上门，里面偶尔传来一声抽泣。柯祥在追思过去吧？我下意识地看了看手腕，腕上那兼手表用的探测器早被那两个保安打碎，什么也显示不出了。

五秒钟数一次，数到一百，总该出来了吧。我想着。

"一，二，三……"

"你在这里做什么？爸在找你。"

老计女儿的声音突然在我耳边响起，我被吓了一跳。我数到哪儿了？好像是六十到七十之间。我抬起头，却见她正在楼下。

我趴到栏杆上，小声地说："别那么大声，柯祥在和古文辉做最后的告别。"

"什么？"她的声音大得吓了我一跳。

"大概有几分钟了吧，我数到六十几了？"

"快进去看看！"

我这才想起，古文辉已经快孵化了，会不会出什么事？我一把拉开了门。

门里，柯祥已经打开了玻璃罩，抱着古文辉坐在实验桌上，古文辉的头枕在他的腿上。听见我进来，柯祥冲我笑了笑。

我走上前去，喊道："你是《王子与睡美人》看多了吗？快把古文辉放回去吧。"

他没理我，还是抱着古文辉。

我抓住了他，一把将他拖了起来。他像一条小虫子一样在我手下蜷缩着。

"你疯了吗？你知不知道，你会害死这里所有人的？"

柯祥被我抓得喘不过气来。他抬起头，满面泪水，说："我不能看着他被关在那个玻璃罩里，像一只动物……"

我狠狠地抽了他一个耳光。我没有留情，他白净的脸上登时出现了五个手指印。他抬起头，看着我，悲哀，痛苦，却没有乞怜。

我推开他，想冲到控制台前重新关上强化玻璃罩。趁着古文辉体内的虫卵没有孵化，现在还来得及。

"不要动！"柯祥喊道，手里多了一把火焰枪。我没有理他，伸手要去扳那个开关，突然，一道火光掠过我身边，我只觉得手臂一阵刺痛，一下缩了回来。

火焰枪是利用一种高能可燃气体来发射火焰的，其实就是个火焰喷射器。对付那些虫子，平常的子弹没什么用，而火焰枪可以在两米以内烧穿一块两厘米厚的钢板，是很有效的武器，不过，用它来对付人却并不太好。柯祥这一枪没有对着我开，但余热还是使得我的右臂肘部的衣服被燎掉了一块，皮肤上起了不少水泡。

"快让开，我会开枪的！"

柯祥跑了过来，枪仍然对着我。

"浑蛋！你难道要把我们全害死吗？快听我的，把他关起来，趁他还没孵化。"

"然后呢？等你们把他研究完了，就把他当成一堆废物，烧成灰烬？"

我努力让自己不要发作："你把他放出来，难道他就有救了？"

"我不管，"泪水大颗大颗地从他的眼里流了出来，"反正我不能让他再被关进那个玻璃罩里。"

这时，我看见实验室的门口出现了她的身影。她有点儿焦虑地看着我，我悄悄向她点了点头，她也点了点头。

火焰枪射程不远，但从门口射过来足够了。我看见她掏出了火焰枪，对着正背对着她的柯祥。

可是，不知为什么，我看见她的手在发抖，一直没有开枪。

这时，本来平躺着的古文辉嘴里发出一声低哼，柯祥欣喜若狂，把枪插到腰间，在实验桌前弯下腰去，看着古文辉的脸。

"文辉，文辉，我是阿祥啊，是我啊，你还认识我吗？说句话吧！"

他乱叫着。我用手摸着枪。这是个好机会，他全无防备，现在我开枪的话，可以在半秒钟里把他的脑袋烧成焦炭。可是我却实在下不了这个手。毕竟，柯祥还是个正常人。虽然我已不把患者当人，但杀正常人，我还是做不到。

古文辉的嘴里突然发出了不像人类的惨叫。他的头抬起了两三寸，从他嘴里喷出来的，不是血，尽是白色的小虫子，喷得满身都是。

我一把抓住柯祥的肩，道："小心，他孵化了！"

由于温度升高，古文辉的孵化提前了。

柯祥哭叫道："文辉！"他不知哪里来的力气，一下子挣脱了我的手，向古文辉跑去。

我浑身像浸在冰水里，一动也不能动。柯祥跑近古文辉身边，哭喊着："文辉！文辉！你能听见我的话吗？"

古文辉的双手举了起来，伸向自己的眼睛。柯祥伸出手臂，似乎想要揽住古文辉，却又不敢。我退到门边，对柯祥叫道："笨蛋！他体内的虫卵已经孵化了，快跑出来！"

不知他有没有听到我的喊声，我不见他有动作，古文辉却发出一声撕心裂肺的惨叫，抱住了头。柯祥躲闪不及，被劈头盖脸地浇了个透，他恐惧至极地叫着，两手在脸上乱挥。

不，我的心像被针刺了一下。那些虫子不只是钻进去，还有些从里面钻出来，在脸上游走。柯祥的脸一下子千疮百孔。

她在我身后发出了尖叫。

柯祥转过头，张开已经变得破碎不堪的嘴，含混地说："救……救我！"

他的手在拼命摸着腰上的火焰枪，由于食尸鬼已经穿透了他的脑部，他的神经也已反应迟钝，摸了几次都只是摸个空。终于，他拔出了枪，对准自己的头。

这时，那些蛆虫一样的食尸鬼在枪上爬得到处都是，水一样地掉了下来，有一些开始向我爬过来。我不忍再看，扭头关上了门。

实验室的门密封性能很好，可是也隔不了热，门板开始发烫。

她掩着脸，在那儿抽泣着。我拍拍她的肩，道："走吧，老计在等我们呢。"

回到老计的办公室，他正坐在桌前聚精会神地看着一份内部资料。看见我们进来，他抬头道："怎么了，怎么这么吵？"

我看了看她，她没说话，我道："柯祥来过了。"

老计的脸略微抽动了一下，对她说："你为什么放他进来？古文辉自己交代过，他太容易冲动，不能让他来的。"

"不关她的事，是我带他进来的。"

老计问："他走了吗？"

我叹了口气："死了，他殉情了。"

老计一点儿也没体会到我话语中的幽默感："那么古文辉呢？"

我一下回过神来，有点儿过意不去地说："他的尸体已经被我烧了。"

"烧了？"老计站起身，冲到我跟前，一把揪住我的胸口，"你知不知道，他是个最好的实验对象，烧了他，我的实验怎么办？"

没想到干巴瘦的老计力气会这么大，他抓着我时，我一动也动不了。她在一边解释道："爸，你别怪他，柯祥疯了一样要把古文辉放出来，那时古文辉已经孵化了，如果不烧了他，那些食尸鬼会马上感染我们的。"

老计放开了我，一下子像苍老了十岁。我问道："要不，我们再征求一个志愿者吧……"

老计看着我，脸上满是嘲讽："等我感染了，你拿我来做实验吧。烧得怎么样了？"后一句是跟她说的。我答道："烧起来后，我们没有去看过。"

老计像没听到一样，还是对着她。她看了看我，小声道："门还关着，我们怕还有食尸鬼没死，就没去看。"

老计走出门去，我和她跟在他身后，怀着一种无颜以对的惭愧。虽然我并不知道古文辉有过这样的交代，但毕竟是我带柯祥进去的，总不能用不知者不罪来搪塞吧。

二楼的实验室门口，还在散发着热气。实验室因为要化验食尸鬼样品，局长怕有什么万一，特意让人加工过，所以密封性很好，很耐热。食尸鬼只有用高温才能杀灭，柯祥虽然用了火焰枪大烧了一把，但对屋子也没什么损伤。老计打开门外的加热开关。实验室本身也安装了加热装置，可以在瞬间加热到五百摄氏度的高温，以防备有没死的食尸鬼漏网。等了一会儿，老计关掉开关，说道："阿雯，开门时你守着点儿。"

她拔出火焰枪来，我见她的手有点儿发抖，便说："我来吧。"

里面的样子肯定不会好看的。老计却没理我，见她还是有点儿迟疑不前，厉声道："快点儿，要是里面还有食尸鬼，千万不能放过。"

我有点儿生气，但还是拔出枪来，站在门的另一边。我看看她，她的嘴唇有些发白。

她实在不该干这一行。

我正胡思乱想着，门开了，先是一股热气，随之是一阵焦臭。她的头直直地对着我，根本不敢向里看。老计却已走了进去。

我探过头。里面倒没有想象的那么狼藉。食尸鬼在 100 多摄氏度的温度下就已经死亡了，实验室内 500 摄氏度的高温，它们都已经成焦炭了，地上到处都是黑点。恐怖的只是地上那两具焦黑的尸骸。古文辉的尸体本就已不成样子了，而柯祥的尸体上，只有上半身的衣物被烧得黑黑一片。原本放在实验桌前的记录数据也被烧得只剩下一堆灰了。

老计戴上了手套，取出一根合金的小棍子，在那堆灰黑色的尸骸中翻着。看着他那副样子，我真有点儿佩服他的胆量，但也更觉得内疚。

"老计，我很抱歉……"

蹲在地上的老计看了看我："别说这话了，请你还是走吧。"

我被他这一句噎得说不出话来，把火焰枪往腰上皮套里一插，扭头便走。她在我身后叫着："等等……"

老计喝道："这种沉不住气的人，别叫他。"

我没有回头，只听她小声地埋怨着老计。

如果她追上来，我会留下来的。我想。

可是，她没有追上来。

我走出大门。街上已经快一个月没有清洁工来打扫了，废纸、垃圾到处都是。幸好，人也大多离开了，如果还像以前那样有那么多人，弄得这么脏一定会暴发瘟疫吧？我走出大门时，多少有点儿留恋地想回头看，可到底还是没有回头。

街上很少有人。能走的都走了，还在等候离去的人，想必除了万不得已不会上街。现在，在街上大摇大摆走路的人，可能大多是感染者。

我低着头，只是走着。我已不害怕那些感染者了。说来也好笑，当我们还在到处寻找感染者时，那些被感染的人往往都令人觉得怪异而恐怖，可现在看看，倒也没什么，他们只是比普通人看上去更脆弱，更憔悴。如果我被感染了，大概也就这么一回事吧。

我走了一段路，忽然又听到了那首 *Top Gun* 的主题曲。还是那家店里吧，那种有点儿煽情的歌声，听起来也那么具有讽刺意味。

我站住了。眼前的一切都像死了一样，除了那首歌，就只剩下风声了。我下意识地摸了摸口袋，烟早就没了。还有什么地方可以买烟吗？我有点儿茫然地看了看四周。

除了那个正放着歌的小酒店。

我走过去。门虚掩着，透过玻璃门，看得见几个人正在喝酒。吧台上，有个人正在调酒，柜台上的一个玻璃柜里还放着几包烟。

这景象倒和以前没什么两样，除了那些喝酒的人，每个人的脸上，不是麻木就是绝望。

我走到吧台前说："请给我一包烟。"

那调酒师正摇着酒："自己拿吧。30元。"

这时候买东西还要给钱，而且价格还那么贵，我有点儿想不到。我摸摸口袋，这些天都没有用钱的习惯了。幸好，口袋里还有一些钱，我数了 30 元，抓了一包烟，撕开包装，用食指一弹烟盒的底部，一支烟跳了出来。

这时，一个已喝得醉醺醺的人走了过来，在吧台上扔了一张纸币，"再来一杯吧。"

那调酒师灵巧地收好钱，倒了一杯酒。

我倚在吧台上，点着了烟，吸了一口，笑道："你还要钱来做什么？"

他看了看我，说道："钱可以买东西啊。"

"你还有机会可以买东西吗？"

他的手还在摇着那两个不锈钢罐子："我没有机会了，可我的妻子和孩子还可以。"

他看着吧台后嵌在墙上的一张小照片——上面是一男一女和一个男孩子，笑得很灿烂。背后是阳光和草地，繁花似锦。

"他们都出去了。"他爱不释手地摇着手里的罐子，"一出去就打电话回来，告诉我外面很好，让我不用担心，只是后来也联系不到了。这些钱我不能用了，但却可以让我的妻子和孩子过上好一阵子。人总要死的，就算我马上要死了，可我还得养家糊口。何况现在我还没死，还是个商人，你说是吗？"

我吐了一口烟。他的神情安详而坦然，倒好像在谈论什么与己无关的事。我说道："也许你是对的。"

这时，有个喝得已有醉意的汉子叫道："老板，再来一瓶，56度的。"

走出酒店后，我有点儿茫然。生死于人，本来也是常事吧，可像这位酒店老板那么看得开的倒也少见。

走到桥上，一片落叶正飘下来，擦着水面飞了一阵，又像被吸住了一样贴在水面上，顺水流去。这条河本来被污染得很厉害，淤泥积得几乎要堵塞河道。这些天来，水量倒增加了。我把烟头扔进河里，又摸出一根烟，刚凑到嘴边，突然肩头被撞了一下，那根烟也掉在地上。我扭头一看，是个醉醺醺的流浪汉，手上拎了一瓶酒。他见我看了他一眼，瞪大了眼，道："看什么看，我是感染者。"

我有点儿本能地想要摸火焰枪，可是马上放下了手，叹了口气，道："我还没被感染，对不起。"

这话可能让他也觉得有点儿奇怪。"什么？"他突然叫道，"哈，是你啊。不去检验处上班了？"

"早不去了。"我看了看他，但实在认不出来，"你是哪一位啊，恕我眼拙。"

"我是成凡。"

"成……凡？"我依稀记得前些天那个被我查出感染了食尸鬼的不幸者。不错，他穿的还是那件衣服。才没几天，他身上那身西装也肮脏得像从垃圾箱里捡来的。

"你检验得没错，"他向我露齿一笑，却又那么凄楚，"就这几天，我血液里的虫卵数量已经达到了每毫升 130 多个。"

我不知说些什么好。对古文辉和柯祥的死，我并没有太多感慨，但是这个人明明知道自己要死了，却偏偏像个自暴自弃的醉汉一样在街头晃荡，更让我不安。

"你为什么不到那个检验处去了？"

我只是苦笑："我只去了一天，前些日子我在老单位里。昨天，我又和以前的同事吵了一架。"

"为了什么？"

"他在研究解药，结果那个实验对象的朋友自作多情来救这个实验品，弄得一团糟。实验的对象没了，资料也烧得差不多了，我的同事心情不好，责怪我了。"

成凡忽然问道："不能补救吗？"

我叹了口气，"实验对象都没了，实验怎么继续？谁也不肯在没死前把自己的身体捐出来做实验，等孵化后，你没知觉了，不能反对了，可身体状况又没法实验了。"

"我肯捐。"

我以为自己听错了，看着他，只见一张又脏又瘦的脸正对着我。

"你要想清楚，如果解药研制成功了，你还有一线生机，但你去做实验的话，就再没机会了。"

他把手里的酒瓶扔进河里，河水发出一阵恶臭。

"我妈昨天去世了。"

他流下了一滴泪水。

我有点儿抱歉地说："对不起。"

"没什么对不起的，"他擦了擦眼，"我想通了，反正迟早要死，如果用我的身体能做出解药来，那也是值得的。"

我看着他，心头一阵激动。

我领着成凡回到局里。实验室的门开着，老计正在里面。我领着成凡走上楼，兴高采烈地说："老计，我给你带来了个病人。"

老计正在拼凑几张烧得焦黄的纸片，抬头看了看我："什么？"

"这位成凡先生是个早期感染者。他自愿做实验对象。"

老计一下站起来，有点儿激动地说："是吗？成先生，你可是人类的功臣啊！来，我还有一个备用实验室。"

这时，我看见老计女儿出现在门口，脸上有点儿喜色。也许，我这手将功赎罪做得很漂亮，几乎要向她比画一个"V"字手势了。

老计领着他走到另一间实验室里。这间比被我毁掉的那间要简陋得多，我也有点儿理解老计为什么会发那么大火了。老计掀开了实验室中间床位的玻璃罩，说道："睡上去吧。"

成凡躺到床上，有点儿惴惴地问："不会很痛苦吧？"

"如果你的意识清醒的话，那种痛苦和恐怖没有一个人受得了的。不过，我会让你吸上十分钟的一氧化碳，你就会脑死亡，那就不会再有感觉了。"

"什么？煤气？"

成凡像被蛇咬了一口一样，坐了起来。我在一边说道："成凡，反正你的生命也没有多久了，贡献出来，如果解药能搞成功，全世界都会感谢你的。"

他看了看床上的一根输气管，打了个寒战，"我想……我还是不要……"

我有点儿恼火："成凡，你怎么婆婆妈妈的？在外面你大义凛然，我还被你感动了。事到临头又怕了吗？有什么好怕，反正你也没几天好活了。"

他转过头，看了看我，哭丧着脸道："可是，你没说要煤气中毒死掉……"

老计在一边解释："那只是脑死亡，你一点儿痛苦也没有的。"

"你又没死过……"

我有点儿不耐烦了，掏出火焰枪，大喝道："懦夫！拿出点儿男人的勇气来，别三分钟热度，给我躺好。"

成凡看看我手中的枪，哭丧着脸要躺下。突然，听见敲门声，我扭头看了看，她站在门口，脸也有点儿扭曲，见我转过头来，她的左手按住我的枪，右手重重地打了我一个耳光，一把夺走我的枪，扭头对成凡道："对不起，先生，你不愿意，那是你的自由，请你走吧。"

我捂着脸，看着成凡猥琐地走了出去。等他一走，我喝道："你为什么放他走？"

她瞪着我和老计，脸涨得通红，骂道："无耻！你们这种做法，就算做出解药来，你们的心里难道不惭愧吗？"

老计虽然是她父亲，却让她说得头都低下了。"可是，这本来就是他自己愿意的，我又没强迫他，谁叫他反悔。"我说道。

"他可以自愿，那就可以反悔。"

"可他是感染者，没多少时候好活了……"

"就算只有一天好活，他也是人，不是实验用的豚鼠！你有做一个英雄的权利，可他也有不做一个英雄的权利！"

这话像铁块一样砸在我头上。我怔怔地看着她，好像不认识了一样。

她把手里的枪放回我手上，扭头走了出去。

半晌，我觉得一只手放到我肩上。我回过头去，却是老计。他叹了口气："对不起，刚才我很失礼。"

"没什么。"我有点儿心不在焉地回答，心里却还是被她那句话震惊到了。从小受到的教育都告诉我，在非常时刻，我应该挺身而出，堂堂正正地做一个英雄，从来也没想到过，一个人其实也有逃避的权利，那并不是过错！而对旁人的逃避妄加指责，那才是无德。

离开局里，我跟在她身后。

以前，我以为我比她高出一筹，但现在却觉得自己好像是在她的阴影里。

"走那么慢做什么？"她站住了，看着我。我快走几步，走到她身边。

"对不起。"她低着头，又像以前一样，小声地说着。

我摸了摸脸，笑了笑："那不算什么。"我倒没说，从小到大，我没被人打过几次。局长从不打我，第一次被人打耳光还是因为15岁那年，一位市领导的公子骂我是野种，而局长是哈巴狗。那个耳光给这小公子换来了左臂骨折，也害得局长从那以后一直没再升迁。

再次走过那家酒店，这回橱窗里放了一台电视机，里面正播放着新闻。某地粮食丰收，某地开展赈灾，某地又召开了一个国际性会议，全都是好消息。那些以前十分熟识的地名，现在听来，恍若在另一个星球，似乎整个世界到处都在蒸蒸日上，只这里在垂死挣扎。

"明天，我们都走吧。"

我迟疑了一下："老计大概不会同意吧？"

她没说什么，只是抬头看了看天。碧蓝的天空，除了几缕因斜阳而变得五颜六色的云彩，什么也没有。天空依然安详而宁静。

"据天文台计算，下周三将出现狮子座流星雨。这种天文景观难得一见……"

那台电视机里，正襟危坐的女播音员正面无表情地播报着一条新闻。这条新闻虽然并不是为这个地方的人播报的，可这儿一样看得到。

街上空空荡荡，见不到几个人。能走的都走了，暂时还没走的，也多半不敢上街，现在到处都有被寄生的人。说来可笑，以前如临大敌时，一旦知道自己被寄生，人们就惶惶不可终日；而现在，那些体内食尸鬼尚未孵化的人多半在酒馆喝酒，今朝有酒今朝醉。我跟着她，不敢离得太远，也不敢靠得太近。

她站在那酒店门口，看着橱窗里的电视。现在电视里正播放一些以前的流星雨照片，美得很不真实——在一片宝蓝色的天空里，星陨如雨，犹如一场焰火。

我看着她，问："你很喜欢流星？"

她只是从鼻子里"嗯"了一声。我笑道："如果我们早早就出城了，现在就可以一身轻松地看那场流星雨了。"

我虽然是带着笑说的，但实在希望她能够给我一个正经认真的回答，可是她却像没听见一般，脸还是对着那电视机。我有点儿讪讪地笑了，像是对自己的嘲弄，却也多少有点儿自怜。

天不知不觉地暗了下来。我看见她回过头，在黑暗中，她的眼睛亮亮的，发着光，电视机里的光让她的脸也忽明忽灭的，象牙色的皮肤好像也更有光泽了。

第二天，我一大早就到了局里。从古文辉身上最后抽取的样品只够再做两次实验。如果没有实验者，那我们的工作就毫无意义了。

老计还在埋头干着，我看看四周，她不在。我问："老计，阿雯哪里去了？"

"她去征求志愿者去了。"

"什么？她去哪儿征求了？你为什么不让我和她一块儿去？"

他看看我，没说什么，只说："她要自己去。"

也许他还对我烧掉了古文辉耿耿于怀吧，也许他认为我是个成事不足败事有余的人。我管不了那些了，大声道："老计，你知不知道，现在这城市里患者有多少，万一她出了什么事该怎么办？"

他又低下头，在一张纸上计算什么，说道："不会吧……"

我有点儿焦急。这时，却听见大门口有人在拼命敲打着门。那种敲门声绝不会是她的，这连老计也听出来了，他抬起头看了看我，我却没他那么沉得住气，飞快地向大门口跑去。

大门口有个小窗子，我打开那小窗看了看，只见一张男人的脸，他有点儿局促不安地说："请问，这里是特勤局吗？"

"以前是。你有什么事吗？"

"你是上次来我家执行任务的那位先生吧？"

我根本记不清他是谁了，"你有什么事吗？"

他让开了一点儿，嘴里道："是这样的……"

他不用说什么，我已经打开了大门。

在他身后的一辆磁悬浮汽车上，老计的女儿像昏死过去一样，半躺在车座上。

我几乎是冲出门去的，跑到小车前，摇了摇她的头："快醒醒！快醒醒！"

像是回答我一般，我赫然发现，她的手腕上，那探测器的红灯正亮着，一闪一闪的。在她的手背上，有一个新被咬破的伤口，还在流血！

她被感染了！被食尸鬼感染的初期，有一段时间很嗜睡，那正是第一种症状。

我转过身，猛地揪住那男人，吼道："这是怎么回事？谁感染她的？"

那男人像是一只小老鼠一样，尖声叫道："不是我！不是我！"

"那是谁？"

我只觉身上的血都似乎要燃烧起来了，一种杀人的欲望涌上心头。那男人的脸上满是苦色，半晌才道："是我儿子。"

我一把抽出火焰枪，指着他的头道："把你儿子叫出来！不然，我把你的头烧焦！"

那男人像是要哭出来一样，这时，从那辆小车后座走下来一个怯生生的男孩儿。不用探测器，我也看得出，他已被感染好几天了，恐怕再过几天就会孵化。

没有孵化的病人也会感染人了吗？我顾不上考虑这个，把枪口对准了那男孩儿，他的脸本就惨白得没什么血色，现在更是面色如土，喊道："爸爸！爸爸！"

那男人还没说什么，她突然动了动，我冲到车前，猛地一脚，把那男孩儿踢到一边。这一脚够他受的，他的嘴角一下渗出血来。

我扶住她的头，问道："怎么样？怎么样？"

她抬起头，看见了我，笑了笑，道："别怪那小男孩，让他们走吧。"

我扭头看了看，那小男孩正挣扎着爬起来，而那男人则站在一边动也不动。我强压住心头的怒气，对她说："好吧，我扶你出来。"

我扶着她进门，那男人在门口欲言又止，我喝道："快滚，趁我没变主意！"

那男人怔了怔，说道："很对不起。"男人扶起地上的男孩儿，怜爱地抱起他放进车后座。

我突然想起来了，他就是邓宝玲的丈夫！自从邓宝玲走后，他的样子一下子憔悴了许多，怪不得我都认不出来了。

我转过身，道："喂，你儿子已经被感染了，你尽量少和他接触。"

那男人抬起头，苦笑着说："那是我儿子。"

他发动汽车，走了。我抱着她，她像睡着了一样，动也不动，头发有几绺搭在我手上，痒痒的。突然，她小声地咕哝了一句："别拿我做实验，我怕！"

我看着她的侧脸，第一次发现，原来她真的那么美丽，就算被烦忧和恐惧所笼罩，仍然楚楚动人。

如果这一刻能永恒，那就让永恒凝固于此吧，下一刻永远不要来临。

我抱着她，一脚踢开门，喊道："老计！老计！"

老计从房里跑了出来。一见我抱着她，他的脸色也变了。我叫道："快！她感染的时间还不久，能有救吗？"

老计撩起她的袖子看了看，说道："是外伤引起的，大约半小时，食尸鬼还没有开始分裂。"

我心中一喜，问："那么，全身换血还可以救她？"

老计突然抱住头，痛哭道："我真浑！我非要留在这儿，现在这市里哪儿还有医院？！"

我道："别灰心，检查站里一定有库存血的。如果不行的话，直接用超音速飞机送她去邻市，不过十分钟路程。"

老计的眼前亮了起来。我抱起她，吼道："快！快把车开出来！"

老计没有在意我这么对他吼叫，飞快地从车库里开出一辆车。我抱着她上了车，老计也钻了进来，说："我来扶着她吧。"

这车并不很先进，最高只能开到时速 300 千米。我一出大门，马上换挡，这车吼叫一声，指针马上跳到了最高。老计在一边叫道："快点儿！快点儿！"

再快的话，我们三个全要成肉泥了。我心里说着，嘴上却没说。我也希望能更快一些。

在我们的车离检查站还有几百米时，检查站里面突然发出了一个很大的声音："HJ7322 号车主，马上减速，否则我们将采取行动。"

我一时还不明白，一道紫光从车窗边掠过，一下把车镜都打掉了。我吓了一跳，马上明白，检查站一定把我们当成是疯狂出逃的暴徒了。曾经有过先例，有个被检查出体内带有食尸鬼的病人被拒绝出市后，开着一辆汽车撞向检查站。当时，那车被驻守的军队在离检查站还有两百米远的地方打得千疮百孔，而那个亡命徒是被人从车里分好几次一块块地"请"下车的⋯⋯

我把车速降了下来，打开左窗，把一只手伸了出去，胡乱晃着，嘴里喊道："别开枪！我们没有恶意！"

那声音顿了顿，道："请立即下车，不得靠近检查站两百米以内。"

那两百米外已画了条白线。我停了车，说道："老计，帮帮我。"

一下车，老计刚把她抱下来，我马上便背着她，发疯一样向检查站奔去。门口处，五六个全副武装的士兵将激光枪对准我，检查站里那声音还在说："请马上放下你背上的东西，慢慢走进来。"

东西？我有点生气，冲着大门口喊："什么东西，你们看清了，这是个人！"

那几个士兵还是用枪指着我："那么⋯⋯进来吧。"

我背着她走过检查大厅。两个星期以前，我曾经在这儿工作过，现在却作为一个申请出市者来了。门口处，可以看得到以前拉着电网的地方，现在都挖了又深又长的壕沟，外面不时有人在巡逻。一进门，探测器一下子铃声大作，这使得那几个士兵更是如临大敌。他们穿着全套的防生化服，看上去可笑得很。

我把她放到检查台前的一张椅子上，说道："我要求给她立即做全身换血！"

　　那个检查人员哪里见过这场面，有点儿惊慌失措地说："不……不行啊，我们这儿没这个条件。"

　　"立刻送邻市啊，快，她体内的食尸鬼还没分裂，现在还来得及！"

　　那检查人员看了看我，嗫嚅着："那是不可能的。"

　　"什么不可能？难道你们见死不救吗？"

　　这时，有人在边上说："他说得没错，这是不可能的。"

　　那是一个全副武装的军人，看肩章，也是有军衔的。我怒吼着："你们军方的超音速直升机到邻市只用十分钟，她体内的食尸鬼分裂大约还有一小时，完全来得及！"

　　他笑了笑，"不是条件不允许，而是这件事是不可能的。"

　　"什么？"

　　我只觉心头怒火熊熊，即将爆发。这时，老计慌慌张张地冲了进来，看见我这样子，问道："怎么了？"

　　"他们不同意用直升机送她去医院。"

　　那军人很和蔼地解释："两位，你们想必明白，我是个军人。军人以服从为天职，我的职责就是不能放走任何一个患者。"

　　看着他那彬彬有礼的样子，我心头的怒火再也按捺不住了。

　　不，我绝不能让她死！

　　老计还在和他商量什么，我伸手到腰间摸出了火焰枪。可还没等我说出威胁的话，那个军人跨上一步，扣住我的右手，十分老练地夺下了我的枪，交给边上一个士兵，然后对我说："请不要冲动。"

他放开我，退到一边。我甩了甩手，直起腰叫道："你们打死我也没关系，可你们一定要救她！"

那个军人向我鞠了一躬，说道："对不起，我是军人，只能按命令办事。上级指示，任何病人都不能离开本市。"

"这算什么狗屁命令！"我骂道，"难道连救人也不准吗？"

那个军人打了个立正，说道："是的，命令之外，一切事都不允许。你们是否要做检查？"

我恨恨地道："浑蛋！你们这帮浑蛋！"

还没等我有什么动作，那几个士兵便一起用手中的激光枪指向我。

不知过了多久，我都不记得自己是怎样把她抱进车去的，也不记得自己是怎样把车开回去的。等神志渐复时，我才发现自己正睡在值班室里。

那是老计的住处，这些天我常和老计在这里喝酒。我翻身坐了起来，记忆仍支离破碎。我扶着头，努力回想着。

突然，我想起了一切。她还在吗？我看了下四周，值班室里就我一个人。她和老计在哪里？我心头一阵沉重，跳下床。

桌上，她养的那盆菊花已经快开了，几个花蕾鼓鼓的，像马上要爆开，从裂缝处可以看见里面的黄色花瓣。

也许，什么事也没发生过，一切只是我的一个噩梦？

可是，我的记忆告诉我，事情本是如此。

我站到地上，走出值班室。突然，脚下被绊了一下，那是一个皮箱。

柯祥的皮箱。他死后，这皮箱便被扔在这里了。被我绊倒后，皮箱也打开了，里面有几件衣服掉了出来。我弯下腰，把皮箱里的东西收了进去。

在衣服中间，有几张全息照片。我一拿出来，高分子树脂纸上马上出现了柯祥和古文辉的合影。柯祥搔首弄姿的样子实在好笑，可不知为什么，我却突然觉得心酸。

这两个人已经成为过去式了。

我叹了口气，把东西收好，锁上，走到门边，拉开门。

门一打开，她正站在门外，作势要推门。她看见我，微微一笑，道："你醒了？"

我没有回答她，只是忧郁地看着她包着纱布的手。现在过去几个小时了？她血液里的食尸鬼幼虫正在飞快地分裂繁殖吧。不知为什么，我还想到那些从小坐在高级轿车里，出入都有随从的趾高气扬的人。那些人现在在哪儿？也许，在市长的命令发出后，他们就第一时间离开了这里，现在住在另外一个地方，继续他们的趾高气扬去了。

她也发现了我在注视着她的手，只是微微一笑，忙解释道："别多想了，这是命运。"

"胡说！"我抬起头，注视着她，"这不是命运！你也不相信命运的！"

"如果一件事我们无法挽回，那就当作命里注定吧。来，我爸有话要和你说。"

我跟着她走着。老计在院子里，站在车边收拾着一个箱子，一见我来了，抬头道："你来了？我们走吧。"

我有点儿怔怔地看着他，问道："去哪儿？"

老计把一沓钱包起来，放在包里，说道："离开这个城市啊。"

我看了看她，她面色如常，好像什么事也没有。"阿雯也走吗？"我问道。

她道："我是不能离开的，你们走吧。"

"什么？"我怒视着老计，"你要把你女儿扔掉？"

我上前一步，如果老计说出什么不中听的话来，我想我一定会一拳打过去。她伸手按了按我的手背，"别这样，是我让爸走的。"

我看着老计，喝道："你难道不知道，如果找不出解药，那她就没几天好活了吗？"

老计苦笑了一下："你真以为我们还能做出解药来吗？我那种逞英雄的想法，已经害了我的女儿。"

我虽然想狠狠一拳打向老计，但却只觉浑身无力。的确，解药绝不是我们这样胡乱试验就能找到的。我松开了拳头，"你真的要把她扔下吗？"

老计还没说什么，她说道："别把我想得那么没用，你们留下来，不过是赔上自己的命而已，还是趁早走吧。"

老计已经收拾好东西，说道："阿雯，我们走了。"

她看着老计，这时，我才发现她眼中有泪。

"爸……"

老计摸了摸她的头，眼里落下泪来。突然，他哽咽着道："爸要走了，爸太没用。"

老计转过头，对我说："我们走吧。"

我没说话，也没动，只是摇了摇头。

不管怎么说，就算我活着不是一个英雄，那我也要死得像个英雄。

老计在车里道："快走吧。阿雯，爸……爸要走了。"

我看见她冲着车挥挥手。我把手背到身后，侧身看着院子里一棵树。秋天到了，这树的叶子落得差不多了，光秃秃的，只剩一些瘦兮兮的树枝。

老计发动了车。等他的车开出门，我转过身。她站在后边，眼里满是泪水，脸上却又带着几分欢喜。

我笑了笑，说道："我想继续老计的工作，你愿意帮助我吗？"

她笑了，眼神里有点儿慌乱，"如果……如果我只有一天好活了呢？"

"如果我们只有一天好活，那么就把这一天当一生好了。"

我重又转过身看着那棵树。木叶尽脱，落得一地金黄。只是，当明年满树争荣时，我们是否还能看得到呢？

日子像凝固了一样。我抽取了她的一些血液，试着和老计一样，把一些药物滴在里面，在电子显微镜下观察食尸鬼虫卵的变化，一旦有什么变化，马上记下来，改变浓度，加上别的药物。可是，只有亲手做的时候才知道，原来看似简单的实验，竟然如此复杂且枯燥无味。我必须仔细观察血液里的变化，又必须排除虫卵的正常生长引起的形态改变。这些工作，以前都是老计做的。如果不是她在跟前，我真会对临阵脱逃的老计破口大骂。

　　食物不算少。由于人口急剧下降，冷库里的食物根本消耗不完。何况，病人也不会因为口腹之欲去吃饭，大多数病人喝的酒恐怕比吃的饭还多，相比较而言，没酒喝倒让我更难受。

　　时间在不知不觉中过去。当我把最后一个样本放进高温消毒柜里时，才发觉已是黄昏。外界的供电虽然没断，电视、电台也都还能收看、收听到，只是，过于稀少的人口让这里静得如同死城。她正在给那盆花浇水，现在有一朵菊花已经半开了，像是做得很精致却破了一个口子的扁球，从里面露出几根金黄色的丝。

　　"今天还好吗？"

　　她抬起头，看了看我，没说什么，只是撩起袖子，露出探测器来。那探测器上的红色指示灯又快了不少。奇怪的是，她血液样本中食尸鬼含量并不高。

　　我有点儿忧心忡忡地看着她的手，脑子里却浮现出这只雪白的手臂上，爬满了蛆虫一样的食尸鬼的样子。

"别为我担心，"她笑了笑，"这一天总会来的，不过是早一点儿和晚一点儿的区别而已。"

我有点儿冲动地走过去，拉起她的手。她的脸有点儿微微发红，垂下了头。

"明天，你还是睡到备用实验室吧。"我努力让自己的声音听起来温柔一点儿。她抬起头，脸涨得通红。她没料到我说出的是这句话。

"不，我不愿意当实验品。"

我看着她的脸，抚摸着她稍有点儿蓬乱的头发。这个亲昵的动作，如果是以前，那一定是我求之不得的，可是现在我更觉得心底有一阵阵痛楚袭来。

她的头发依然乌黑发亮，有一点儿香味。我说出这句话时，也真有点儿像是要打碎一件精美工艺品的感觉。

"我想活着，就算只有一天好活，那也把这一天当成一生。"

这是我说过的话。我说这话时，想到的只是永远也不放弃；可是从她嘴里说出来，却无比凄婉。

我放开她的手。别人这么选择，我一定会不屑一顾。可她是那么说的，我又能如何？我总不能像对成凡一样拔枪对着她的头，命令她睡到实验桌上吧。

窗外，阳光照了进来，在地上投下一片金黄，却被窗棂分隔成一块块的。

"出去走走吧。"我重又拉起她的手。她的脸又浮上一层红晕，顺从地跟着我出了门。

街道空荡荡的，一个人也没有，到处是废纸和破旧的衣服。今天的晚霞特别美，也许明天又是个晴天。当不再有人迹时，那些丑陋的建筑也有了种颓废的奢华感。

拉着她柔软的手，我们都没有说话。

这并不是爱情吧。我想着，我心中只有对她的同情。可是，我却知道我是在欺骗自己。可如果这是爱情的话，那么这种爱情来得也太不是时候了。

一路上，店铺一律关着门，有些被人砸开了，可里面也没什么东西。走过那桥，那间酒吧也已经关了。那个乐天的店主可能已经孵化了，但现在孵化也不是什么稀奇的事，患者多半是躲在家里度过最后的日子。等待死亡来临的日子，一定非常恐怖，孵化的那一段时间，人会完全失去意志，会像得了狂犬病一样乱咬。

她也会那样吗？

我看了看她的脸。她脸色白了一些，不过还算正常。我无法想象她最终的那个样子。

桥上有风吹过，冷而干，像陌生人的眼色。夕阳已经半落，天边的晚霞仍惊心动魄的美丽。她靠在我身边，好像有点儿发抖。

我垂下头，小声问："冷吗？"

她点了点头。我解开外衣，把她拥到怀里。她又颤抖了一下，像是很冷。

也许，这是爱情吧。爱情，最终还是在这个最不适合的时候来临了。

"你在想什么？"她突然轻声问道，声音很平静。

我说："《霍乱时期的爱情》，马尔克斯。"

这是一部古典小说，几年前还没有暴发灾难时我读过，那时也只是觉得不过如此，早就忘得一干二净了，现在却突然想了起来。她没再说什么，只是温柔地偎在我的怀里。

"如果我快要孵化了的话，那就杀了我。"不知过了多久，她突然说，"不要手软。"

天暗了下来。美得如同梦境。在月亮的边上，无数点星光掠过，也同样如梦境一样美。

今天是有流星雨的日子。小时候，我曾经彻夜不眠，只为了看一眼那如花雨缤纷的美景，而现在，那种景象只会让我痛苦。

"杀了我吧，不要让我变成那种可怕的样子。"

我的泪水大颗大颗地落下来。我都不能相信，自己还能流出那么多泪水。

"你不是常说你是铁石心肠吗？你不希望我成为那些虫子的食物吧？"

"别说这些了。"我喃喃地说着，泪水无法遏制地流着。什么英雄业绩，什么舍生取义，在我心里，似乎都已经变得那么可笑。

泪水滚烫。在泪光中，满天的星雨仿佛同时倾泻而下，我似乎听到了玻璃碎裂一样的声音。

两天后，她自杀了。她在遗书里说让我把她的尸体烧成灰烬，交给老计——如果可能的话。

　　我提着皮箱，里面只放着她的骨灰。按她的意思，我把她的骨灰放在一个她最喜欢的细瓷花盆里，用胶纸封住了口。

　　如果说我当时决定不和老计一起走时，还自以为能当一个英雄的话，那么现在我只能承认，我们都不是英雄，也做不了英雄。

　　我提着箱子，在街上东张西望着。这个城市不是我出生的地方，但我这些年来绝大部分日子都是在这里度过的，现在要离开，总是有些舍不得。

　　车到了检查站。我在白线外停下车，忧郁地看着手里的皮箱。我们的努力都白费了，付出的代价实在太大。

　　检查站门口聚集着一群军人和几个穿白大褂的人，还有三辆很大的卡车。当我向他们走去时，边上几个卫兵同时举起枪来，喝道："干什么的？"

　　我举了举皮箱，以示手里并没武器，叫道："我是来接受检查的。"

　　"为什么这么晚才来检查？已经截止了。"

　　"什么？"

　　我大吃一惊，根本想不到居然会有这等事，这时一个军官露出笑意，说道："放心，已经研制成功了食尸鬼疫苗，所以不必担心了。"

　　如果说以前的痛苦中还有些死得其所的自豪，那现在我只是觉得茫然。我们的一切努力，非但白费，而且十分可笑。

我问："是真的吗？"

那军官道："你难道不信吗？你既然来了，就先进那辆卡车吧。等载满了就开，你们将是第一批被治好的人。"

"可我并没有感染啊。"

我有点儿着急，想找出证明来，可是我的探测器被砸碎了，而她的探测器，我又用来给她陪葬了，偏偏这检查站又已撤掉，以前的仪器都不在了。

"没关系，无非打一针，有病治病，没病防病，你一个大男人总不会怕疼吧？上车坐好吧。"军官说道。

"可我是没感染啊……"

我还没说完，一个士兵已举起枪对准了我。军官止住他的动作，"由于我们已没了有效的检测手段，请你配合一下，反正只是打一针。"

这是他第二次说"只是打一针"了。我说："为什么要坐到车里？打一针不是很方便的吗？"

他说："嗨，对于你个人来说只是打一针，可对我们来说却要管理，要保证治好你，不能让你没好就到处跑，是吧？要是没有管理，来一个打一针的话，那怎么分清打过和没打过的？我们把你们集中起来，治好一批就放走一批。"

他说得也不是没道理。那军官不再理我，说："来个人，送这位先生上车。"

我没办法，只能在一个卫兵的监视下爬进空荡荡的车厢。里面现在只有我一个，我把皮箱放在身前，呆呆地坐着。

两个浑身穿着防化衣的士兵爬上我坐的那辆车，坐在车尾。卡车开动了，车头处，一个大喇叭开始发出响亮的声音，听得出，那是国家电台播音员的声音，正说着："所有居民请注意，疫苗已经研制成功，请立刻上车，接受治疗。"

车转了一圈，陆陆续续地上来了不少人，卡车里几乎被塞满了。我坐在一堆病人中，倒并没有什么不适。那些人虽然不说话，但一个个面露喜色。相比较而言，我那一脸颓唐，反倒更像是病人。

卡车很快转完了一个社区，载了一大批人，还有人急着要上车，后门那两个卫兵解释说："不要急，这一批好了马上有下一批。"

车晃动了一下，我看着外面。那些风景，在我向检查站出发时还以为是最后一次见到了。那两个穿得像是怪异武士的士兵坐在车尾，抱着枪，战战兢兢的，却让我觉得说不出的好笑。

车因为载的人太多了，一路上都有点儿颤。这种老式的卡车早就淘汰了，但疫区空中飞行器的禁行令可能依然有效，只好再拿出这种氢动力卡车来用。

卡车转了几个圈，我渐渐地见到了市区边缘的电网。我一直在市中心生活，还没有感受到过多的被隔离的异样感，但到了这里就发觉外面的那个世界与里面完全不同。当卡车驶过电网，车里的人都情不自禁地发出了一声欢呼。

我只是摸了摸脚边的皮箱。

你也要离开这里了。

我默默地说着，好像她还能听见。在我心底，我总是无法原谅自己，尽管我不觉得自己有什么错，却还是内疚。

黑洞洞的车厢里也许挤了上百人吧，只听得见重重的喘息声。每个人一定都有种劫后余生的庆幸，不那么庆幸的，也许只有我一个了。

"到了。"

车停了下来，那两个士兵跳下车，冲里面大声地喊着。有个女人抑制不住激动，大声哭了起来，边上像是她丈夫模样的人拍着她的肩，喃喃地说道："好了好了，没事了。"那女人带着哭腔道："可是宝宝呢？他要能撑到今天有多好。"

也许宝宝是她的儿子或女儿吧。在城里等死时，很少有人会想着别人，但见到了生路，女人就马上想到儿女。

那些人争先恐后地往车下挤，好像先出去一刻就能早一刻治愈，那两个士兵一边拿着枪，一边喊着："别挤别挤，一个个来，先排队。"

我坐在里面，等着他们下得差不多了，才站起身来。刚站起身，对面也有个人站起来，我们的头碰到了一块儿。我还没说什么，那人便说道："对不起，真抱歉。"

这声音很耳熟，我却想不起来是谁。我说："没关系，你先走吧。"

他很温和地说:"你先请吧,我没关系的。"

我提着皮箱,默默地走出车厢。我们是走在最后面的,我听着他在我身后的喘息声,想对他说什么,却什么也说不出来。

我下车时,因为提着皮箱不好下,就把皮箱搁在车上,人先下来了。当我伸手去拿皮箱时,他把皮箱递了过来。我接过,说道:"谢谢。"

他却叫道:"是你?"

我抬起头,看了看他。在黑暗里待久了,外面的阳光让我觉得有点儿刺眼,可还是看清了。

他是邓宝玲的丈夫。

他毕竟还是逃不过,最终也被感染了。

我苦笑了一下,说:"你也来了?"

他怔了怔,"是啊,来了来了。"

那些平常寒暄的客套话,现在听来却好像别有一番滋味。一个士兵在一旁叫道:"快点儿,时间宝贵。"

我提着皮箱,排在那长队后面。我打不打针无所谓,可既然一定要打,让别人先打去吧。

那士兵道:"男女各一队,先去更衣室消毒,然后接受疫苗注射。"

我们一排男一排女,像是劳改犯一样排着队。要去的是两幢简易房子,连窗子也没有,也许是为了给病人消毒赶着建起来的吧,没有一点儿装饰。

我们这一排人要走进去时，有个士兵突然叫道："把东西放在外面，不要带进去。"

轮到我时，门口一个穿戴着全套防化衣的士兵喊着："把箱子放下。"

门口已经有一堆东西了。我看了看手中的皮箱。我实在不想与她分开，可是，看样子还是得分开一会儿了。

那个士兵有点儿不耐烦，操起枪柄向我手上打来，命令道："快放下，别耽误别人时间。"

我的手一松，皮箱一下向下掉去。我吃了一惊，伸手去抓，幸好在掉到地上前被我抓住了。

我怒道："你叫什么？我听得见。"

那个士兵也发怒了："你还有理了！"

如果他好好说，我当然不会和他争执。但此时我心头却有种说不出的烦躁，我叫道："你这么打人，难道就是有理？"

那个士兵作势又要打我，嘴里还喝道："废话少说，快点儿进去！"

我怒了："你有胆子就往这里打！"

身后，邓宝玲的丈夫慢慢地说："别争了吧，我们进去。"

我让开了："你先进去吧，我本来就用不着打针，硬让我打，还把我当犯人，我咽不下这口气。"

那个士兵虽然身着全身防化衣，看不到样子，但我想他一定气得满面通红。他冲着邓宝玲的丈夫喊道："你先进去。"

等他进去了，这个士兵对我说："你进不进？"

我瞪了他一眼："你差点儿把我最珍贵的东西打碎了，还敢对我这种态度？"

他把枪对准了我，说："我接到命令，可以对不听命令的人开枪！"

我心底有点儿怕，但要我这样子就服软，却也不愿意，"我要你道歉！"

正僵持着，边上一间小屋里走出一个军官，远远地问道："出什么事了？"

那士兵打了个立正："报告少校，这人不愿意进去。"

"我不是不愿意进去，一来我没有被感染，二来他还对我那种态度，他必须先向我道歉。"

那士兵在防化面具后大约冷笑了一下，我听得到他鼻子里发出哼的一声，"你一个感染者还要扯什么态度不态度……"

我心头升腾起一股怒意，大声说道："感染者又怎么了？别说我没被感染，就算我被食尸鬼感染了，难道你就可以那种态度吗？"

那士兵还想说什么，那个军官却叫了起来："是你！"

他快步走过来，我扭头看了看，也叫了起来："朱铁江！"

朱铁江是以前市政府高官的儿子，小时候和我是同学。中学毕业后，他考取了军校，我们后来一直没见过，听说他在军中很得意。朱铁江是我在那个大院里少有的几个好友之一。他们就算我是局长的亲生儿子，也看不起我，别说我只是局长的义子了。可朱铁江自小就很宽厚，所以我们一直都很谈得来，不过中学毕业后也就分开了，一开始还不时通电话，后来就音讯全无了。没想到，我们居然在这样一个场合碰面了。

他走到我身边，下意识地伸手要来拍我的肩，却又顿住了，有点儿尴尬地说："你被感染了？"

我苦笑了一下，"还没有。"

"那为什么不早走？"

"我太狂妄了，想要找到对抗食尸鬼的疫苗。"

"找到了？"

我看了看手里的皮箱，黯然说道："找到的话，也用不着到这儿来了。"

此时，我心中更多的也许是内疚吧。她被感染了虽然不能说是我的错，但如果我早些劝老计离开的话，她不会出事。

朱铁江突然拍了拍我的肩，"别多想了，来，陪我喝一杯去。"

我抬起头，眼里不禁有点儿湿润。

他还是当年那个朱铁江。即使好多年兵当下来，他却没什么大变化。

那个士兵在一边说道："少校……"

朱铁江笑道："他以前是特勤局行动组成员，我们不是学习过那篇社论吗？讲的就是他们的事迹。判断有没有被感染，其实他才是专家。好了，你去关门准备吧。"

那个士兵关上门。这屋子只有一扇门，封闭得很严实，在里面待着一定不舒服。我正打量着那屋子，朱铁江又拍了拍我的肩，说道："走，走，虽然没什么好东西，部队也不准喝酒，可我这儿总还有两杯的。一块儿去，还记得小时候我们一块儿偷酒喝的事吗？"

我的心底涌起一阵暖意。小时候，我还不怎么爱喝酒，朱铁江却自小就是个酒鬼，可他父亲管得很严，根本不准他喝酒。有一次他来我家，用等离子穿透仪把局长珍藏的一瓶酒不动封口地偷出了半瓶，再把水加进去，以至于局长后来喝酒时还纳闷这瓶酒为什么那么淡。

这些事我虽然早就忘了，可他一提，我却马上想了起来。我笑道："你还记得啊！"

他笑了，"当然记得。那时我就决定，长大后一定赔给叔叔一瓶好酒。后来，我弄来几瓶六百年的陈酒，那可是好东西。唉，可惜叔叔喝不到了。"

我黯然说道："是啊，他再喝不到了。"

朱铁江道："别再想了，人各有命。走，我们喝酒去。"

他的办公室不大，从外面看也是简易房，里面却很干净。出于军人的本色吧，墙上还挂了把刀做的装饰品。

"来，我们喝吧，可惜肉不太敢吃，只好请你吃点儿酱油花生下酒了。"

他倒了两杯酒，把一杯推到我面前："干。"

那酒异香扑鼻，我一口喝了下去，只觉入喉时像是一条细细的火线，带着微微的刺痛。

我刚喝下去，却听到不远处传来一阵闷闷的哭喊声。

那声音像是从一口枯井里传来的。我狐疑地放下酒杯，问道："那是什么？"

"没什么，喝酒吧。"他给我满上，自己夹了颗花生放进嘴里。

"不对，是这附近传来的。"

他这屋子的窗子关得很严。我走到窗前向外张望，外面大多是些穿防化衣的军人，另一些人没穿，大概这些人不用和病人接触吧。极目望去，天气很好，蓝蓝的天空上，白云像一些破碎的棉絮。我打开窗，可现在却什么也听不到，只有那边消毒室里传来轰隆隆的声音，像是在放水。也许，那些人正在用消毒液洗澡吧。

"你听错了吧？"朱铁江走过来，关上了窗。

我笑了下："这些日子以来，我总是疑神疑鬼的。"

这时，有人敲了敲门。朱铁江道："进来。"

进来的是个勤务兵。

"少校，您的衣服洗好了。"他说。

那个人手里捧着的，是一件长长的风衣。我顺口问道："你也穿风衣啊？"

朱铁江脸上突然像有虫子在爬一样，很不自然地说："是……是朋友的衣服。"

我抬起头。如果朱铁江明明白白地说那是他自己的衣服，我根本不会多想什么。可是我这人虽没别的本事，对这种听得太多的搪塞之语却非常警觉，凡是说这些话的，一定有什么内情。

我扭过头，说："你把风衣给我看看。"

那勤务兵有点儿不明所以，正要把衣服给我，朱铁江忙说道："算了，一件衣服有什么好看的。"

我心头的疑云越来越重，抢在他前面一把抓住那风衣，抖开了，却没什么异常——普普通通的一件风衣，只是厚了些；和平常不同的是，那件风衣上有拉链，下摆里做了两只裤管，要是有人穿了这衣服，从肩到脚就像是套在一个口袋里一样。

我有点儿出神，朱铁江从我手里拿过风衣，说道："你真有点儿疑神疑鬼了，一件风衣有什么好看？"

突然，我脑中像有闪电闪过。那风衣不是普通的风衣，是件改装过的防化衣！这种衣服是特制的，不会有别的什么人去穿。而刚才，朱铁江说的话表明他知道局长已经死了，但我还没向他提起过这事！

我看着他，喃喃地道："是你……是你！"

他躲闪着我的目光，说："你喝醉了吧？"

我一下抓住他的衣领，叫道："是你！是你杀了局长！"

那勤务兵有些害怕，不知所措地看着朱铁江。朱铁江向他挥挥手道："没你的事，走吧。"

那勤务兵一出门，朱铁江挣开我的手，关上门，坐了下来，在我的酒杯重又倒满了，说："喝一杯吧。"

我端起来一饮而尽，问道："为什么？你为什么要杀局长？"竟然是朱铁江杀了局长，我心里的惊愕已超过了愤怒。

他垂下头，重又抬起时，眼里闪烁着泪光："那是任务。"

"为什么？"

我将一个耳光抽在他脸上，他的半边脸上出现了五个指印，可他像没有感觉似的，只是缓缓说道："这是军政双方领导决定的。"

"胡说！为什么会做出这种莫名其妙的狗屁决定？"

"因为……"朱铁江又倒了杯酒，像下了个重大的决心，"因为他反对实施净化方案。"

"什么？"

尽管我不知他说的那个净化方案是什么，可是却隐隐地有种不祥的预感。刚才那些哭喊声，也许不是我的错觉……

朱铁江咬了咬牙，说道："净化方案就是把这个城市里所有食尸鬼都消灭掉。"

"怎么消灭？"我已猜到了一些，身上涌起寒意，可还是问着。我希望朱铁江的回答不要证实我的猜测，我希望那只是我的胡思乱想。

"目前只有用火烧才可以消灭食尸鬼，你们也一直是这样做的。因此，领导决定，消灭所有滞留在市里的人口。"

"那么刚才那些人……还有以前的人，他们……"我结结巴巴地说着。我依稀想到了什么，可是却不敢说出口来。朱铁江疯了一样，一把抓住我，道："对，对，你为什么不敢说？刚才一车人，还有以前通过检测的人，全都被消灭掉了。"

我挣开了他的手，吼道："那么，以前的什么检测，现在的什么疫苗，都是骗人的？"

他颓然坐下："是，那都是骗人的。你知道，食尸鬼变异得很快，几乎和电脑病毒一样，有极强的自我复制能力，似乎可以针对检测仪做出相应的变化，人类实在跟不上。你也知道，你们研制的检测仪是最先进的，可也时常有检测不出来的情况。为了不发生全国性的悲剧，必须让这个城市做出牺牲……"

我像被子弹击中一般。1000万人口！这1000万人口，不分青红皂白，全都被毁灭了，即使是出于人道性质的。

突然，我想到一个问题。像溺水的人抓住了一根稻草，我问道："你骗人的吧？你一定是骗人的。如果全部要牺牲，那么市里的那些领导为什么能离开？你能保证他们之中没有携带食尸鬼虫卵的吗？这当中也包括你父亲和你的那个弟弟！"

朱铁江痛苦地低下头，说道："市领导都是被隔离安置的，虽然不会进毒气室，但必须接受无限期观测。这是上级领导的安排，也是市政府会议上一致通过的。可是叔叔坚决反对这个决议，认为市民有知情权。为了不破坏这计划，就……"

我发出干干的笑声。老计，可怜的老计，如果他坚持要留在市里，那倒可能会多活一段时间。还有那个成凡，他被查出感染，反而多活了几天。

我站起身，握紧了拳头，朱铁江突然站起身，脸上带着某种刚毅。

他的手里拿着一把小手枪，指着我的头。

"别以为那是个好下的决心，"他慢慢地说，"我想这件事办完后，我不死也会发疯。可是，为了未来，这样的决心也一定要下。"

我说："你和我一起喝酒，不怕被感染吗？说不定，我也早被感染了。"

他的神色很古怪，似乎夹杂着痛苦，却又坚定如磐石，"我已经决定也进入那无限期观测的行列。"

"那你为什么还要接受那种命令？"

"第一，我是军人；第二，那命令并没有错！"

"疯了，"我喃喃地说，"你疯了。"

"也许吧。"他冷冷地说，"你也可以进入那隔离区。放心吧，那里地方不小，设施也很齐全，你不会有什么不适的。"

"我不去。"

我极快地一把抓住他的手。我虽然也受过训练，但我知道与他这种正规军校毕业生比，我这点儿功底只像是玩笑，他只消动动手指就可以制伏我。可是，自幼那种桀骜不驯的性格让我绝不能接受这样的处置。

他却没有动，我的手一扳他的手腕，他的手枪马上就掉在了地上。我飞起一脚，正踢在他小腹上，他痛苦地蹲下身体，我已拉开门冲了出去。

那些穿防化衣的士兵正从那两间简易房里抬出一具具身无寸缕的尸首。在我冲出朱铁江的房间时，有两个士兵还抬头看了看我。

朱铁江捂着肚子，摇摇摆摆地走出门来，大声道："全营集合，守住出口！拦住他！"

有个士兵从背后取下枪，瞄准我，我马上趴下，一道紫光从我刚才站立的地方掠过，正射在我身后的一棵树上。我在地上翻了两下，人闪在一栋屋后，脚下一空，却摔到了一块杂草丛生的荒地里。

这个地方在市区北面，而现在那些士兵都守在营房北面，是防备我逃到正常区域吧。

营房用极高的电网拦着，谁都别想能翻出去。难道只能逃回市区吗？

朱铁江带着几个士兵转了过来。"你们搜索这一带，不能让他逃到外面去。"他转身对一个军官大声下着命令，"陈上尉，如果过几天我被确认感染，这里就由你全权负责，你只把我当作病人看待。"

那个陈上尉打了个立正，"是，少校。"

我伏在草丛里，听着他们的对话。不管我心底多么痛恨朱铁江，可还是对他有着十分的敬意。

好在那些士兵几乎都守在北面了，只有几个士兵正在房前屋后搜着，一时也想不到我会躲在草丛中。我伏在草丛里，轻轻地向南面爬了一段。

那是入口处了。门口有两个士兵在站岗。要把他们打翻逃出去，我自知没这个本领。我伏在草丛中看着他们，想着主意。突然，我听到了翻毛皮靴沉重的脚步声。

一个高大的身影站在草丛边上。那是朱铁江，他拎着我的那个皮箱，正看着手腕上的一块表。

"出来吧，我知道你在这里。"

我自知无法隐藏，爬出了草丛。他把皮箱放在地上，说道："你回去吧，能活几天就活几天，五天后，我们将焚烧全市。不过，就算你能逃过大火，也不会有几天好活了。"

我看着他，他苦笑了一下，"我知道你是个有正义感的人，也知道正义感也是有限度的。不过，你真不知道，你早就被感染了吗？"

"什么？"

我这才真正地大吃一惊。我的探测仪被那些保安打碎了，后来和老计在一起时，他的探测仪也没有什么反应。只是，她被感染时，那探测仪的反应却出乎意料的强，难道它探测到的是两个人吗？

他撩起袖口，露出一个小巧的探测仪，上面的两个红色发光管正在一闪一闪的。他说道："我这是最新式的探测仪，上面显示，你已经是晚期了。孵化可能也就是这几天的事。"

我不语。尽管我不想相信他，可也知道，他没理由再骗我。

他指了指皮箱道："你走吧。只是，你只能回城里。我是军人，现在虽然已经是在渎职，可也只能做到这一步。"他顿了顿，又说，"你现在在气头上，也许不能理解。但静下心来想一想，就知道这样的决策并没有错。任何一个时代，总会有人要牺牲。这道理人人都懂，但轮到自己时，人人都不愿意。"

我不再说话，拎起皮箱默默地走出营房。走了一程，我回过头。

夕阳中，朱铁江的影子像铁柱一样，直直地站着，他的影子也一样又直又长。

回到局里，我打开门，一切还保持原样。

我坐在空落落的实验室里，心头一阵酸楚。那盆她种的菊花已经开了一朵，散发着一股鸭梨的甜香，虽然不是名贵的品种，却是种很可爱的花。

就像她。

我像机器人一样打开皮箱，取出她的骨灰，走出了门。

天已经黑了，我站在桥上，从怀里摸出香烟盒，里面只剩了最后一支烟，我点着了。然后，我撕开封口，抓出了她的骨灰。

她的骨灰细腻而温柔，像是她的手指。我一把把地将骨灰撒进河中，那些灰白色的灰漂在水上，蒙蒙地，像下了一场细雨。

也只有这时，我才发现自己心里实际上有太多对人世的绝望。

有个拎了个大包的人走过我身边，大声唱着歌。他看见我，大声笑道："扔什么哪，明天都可以走了。"

我擦了擦泪水，转过头笑道："是啊，我们运气真好。"

"是啊，现在倒有点儿舍不得这地方了，哈哈，出去可不能喝不要钱的酒了。"

他笑着，走过我。走过一段，他又回过头大声道："明天早点儿出来，他们那卡车只能坐一百多人，今天我都没赶上。"

我没说什么，只是想笑。他又走了一段，突然转过头向我走来，远远地道："喂，你总不会有什么事吧？"

我看了看他，"没什么事。"

"去狂欢吧。今天我们要在广场里乐一晚上，等明天车一来，大家一块儿走。"

我摇了摇头，说："算了，我不去了。"

"别那么不高兴，过去的事都过去了，死者不能复生，活下来的人总得向前看吧。"

他拉开包，摸出一小瓶酒来递给我，"走吧走吧，我弄到了一堆酒呢，不喝白不喝。"

我有点儿木然地接过酒，跟着他向前走去。他在前面五音不全地唱着什么，要是他到那些娱乐场所去唱的话，准会被轰下台来，可是现在他却唱得陶醉至极，似乎不如此不足以表达内心的狂喜。

广场就在不远处，有个街心公园，以前还有个喷水池，现在水早干了，人们弄了些木柴堆成一堆，点了堆篝火，远远地就能听到一群人在大声唱着。走到广场边上，他大声叫着："哈，你们已经开始了！"

人群中有人大声叫着："老马，你现在才来啊。"

他笑道："我弄来了不少酒，想喝的快来喝吧！"

人群中发出一阵欢呼，一帮人呼喊着冲了过来，老马大声叫着："别抢别抢，人人都有！"可是哪里挡得住。

混乱中，有个人抢了两瓶，见我在一边，笑着道："你是老马的朋友吧，来，喝吧。"

"我有，我有。"

"来，来，今天大家好好乐一乐。"

这时，有几个人围着火堆打着转儿，嘴里胡乱唱着什么，活像上古野人的庆典一样。那人也跳进人群中，大呼小叫地乱唱着。

我看着那堆火。火舌像温柔的手臂，不住地伸向空中，一些火星冲上半空，又飘散开来，那些人欣喜若狂。

天空带着点儿紫色的蔚蓝，星光闪烁，点缀在每一个角落。我看着天空，这时，有一颗流星划破天际，转瞬即逝。过了好久，我眼里似乎还萦回那一瞬间的美丽。

微笑着，我打开酒瓶的瓶盖，喝了一口。火热的酒滚入喉咙，像是火，也像泪水。

坐在那群人中，听着他们的欢声笑语，我垂下头。即使是在黑黑的车厢里，他们似乎也还沉浸在昨夜那种狂欢中。

两个坐在车后的士兵跳下车，其中一个说道："男女各一队，先去更衣室消毒，然后接受疫苗注射。"

我跳下车，外面过于强烈的阳光让我的眼睛几乎都睁不开。我有点儿留恋地看了看四周，却发现朱铁江站在那两幢围着铁网的简易房外面，有点儿惊愕地看着我。我笑了笑，朝他挥了挥手。

后面那人有点儿着急地说："快走啊，磨蹭什么。"

我回过头道："好，好。"

当我走进那建造得像碉堡一样牢固的简易房时，又回头看了看外面。

生存实验 / 王晋康

达尔文游戏

　　若博妈妈说今天是我们大伙儿的十岁生日。今天我们不用到天房外去做生存实验，也不用学习，就在家里玩，想怎么玩就怎么玩。伙伴们高兴极了，齐声尖叫着四散跑开。我发觉若博妈妈笑了，不是她的铁面孔在笑，是她的眼睛在笑。但她的笑纹一闪就没有了，心事重重地看着孩子们的背影。

　　天房里有六十个孩子。我叫王丽英，若博妈妈叫我小英子，伙伴们都叫我英子姐。这里还有白皮肤的乔治，黑皮肤的萨布里，红脸蛋的索朗丹增，黄皮肤的大川良子，鹰钩鼻的优素福，金发的娜塔莎……我是老大，是所有人的姐姐，不过我比最小的孔茨也只大了一小时。很容易推算出来，我们是各间隔一分钟，一个接一个地出生的。

　　若博妈妈是所有人的妈妈，可她常说她不是真正的妈妈。真正的妈妈有肉做的身体，像我们每个人一样，不是像她这种坚硬冰凉的铁身体。真正的妈妈胸前有一对乳房，能流出又甜又稠的白白的奶汁，小孩儿都是吃奶汁长大的。你说这有多稀奇，我们都没吃过奶汁，也许吃过但忘了。我们现在每天吃"玛纳"——圆圆的，有拳头那么大，又香又甜，每天一颗，由若博妈妈发给我们。

还有比奶汁更稀奇的事呢。若博妈妈说我们中的女孩子长大了都会做妈妈，肚子里会怀上孩子，胸前的小豆豆会变大，会流出奶汁，十个月后孩子生出来，就喝这些奶汁。这真是怪极了，小孩子怎么会钻到肚子里呢？小豆豆又怎么会变大呢？从那时起，女孩子们老琢磨自己的小豆豆长大没长大，或者趴在女伴的肚子上听听有没有小孩子在里边说话。不过，若博妈妈叫我们放心，她说这都是长大后才会出现的事。

还有男孩子呢？他们也会生孩子吗？若博妈妈说不会，他们肚子里不会生孩子，胸前的小豆豆也不会变大。不过必须有他们，女孩子才会生孩子，所以他们叫作"爸爸"。可是，为什么必须有他们，女孩子才会生孩子呢？若博妈妈说："你们长大后就知道了，到十五岁后就知道了。可是你们一定要记住我的话！记住男人女人要结婚，结婚后女人生小孩，由'妈妈'喂他长大；小孩长大还要结婚，再生儿女，一代一代地传下去！你们记住了吗？"

我们齐声喊："记住了！"孔茨又问了一个怪问题："若博妈妈，你说男孩胸前的小豆豆不会长大，不会流出奶汁，那我们干吗长出小豆豆呀，那不是浪费吗？"这下把若博妈妈问愣了，她摇摇脑袋说："我不知道，我的资料库中没有这个问题的答案。"若博妈妈什么都知道，这是她第一次被问住，所以我们都很佩服孔茨。

不过，只有我问到了最关键的问题。"若博妈妈，"我轻声地问，"那么我们真正的妈妈爸爸呢，我们有爸爸妈妈吗？"

若博妈妈背过身，透过透明墙壁看着很远的地方。"你们当然有。肯定有。他们把你们送到这儿，地球上最偏远的地方，来做生存实验。实验完成后他们就会接你们回去，回到被称作'故土'的地方。那儿有汽车（会在地上跑的房子），有电视机（小人在里边唱歌跳舞的匣子），有香喷喷的鲜花，有数不清的好东西。所以，咱们一块儿努力，早点把生存实验做完吧。"

我们住在天房里，一个巨大透明的圆形罩子从天上罩下来，用力仰起头才能看到屋顶。屋顶是圆锥形，太高，看不清楚，可是能感觉得到它。因为只有白色的云朵才能飘到尖顶的中央，如果是会下雨的黑云，最多只能爬到尖顶的周边。这时可有趣啦，黑沉沉的云层从四周挤着屋顶，只有中央部分仍是透明的蓝天和轻飘飘的白云，屋顶突然变得很小。下雨了，汹涌的水流从屋顶边缘漫下来，再顺着直立的墙壁向下流，就像是挂了一圈水帘。但屋顶仍是阳光明媚。

天房里罩着一座孤山，一个眼睛形状的湖泊，我们叫它"眼睛湖"，其他地方是茂密的草地。山上只有松树，几乎贴着地皮生长，树干纤细扭曲，非常坚硬，枝干上挂着小小的松果。老鼠在树网下钻来钻去，有时也爬到枝干上摘松果，用圆圆的小眼睛好奇地盯着你。湖里只有一种鱼，指头那么长，圆圆的身子，我们叫它"白条儿鱼"。若博妈妈说，在我们刚生下来时，天房里有很多树，很多动物，包括天上飞的几十种小鸟，都是和我们一块儿从"故土"带来的。可是两年之间它们都死光了，如今只剩下地皮松、节节草、老鼠、竹节蛇、白条儿鱼、屎壳郎等寥寥几种生命。我们感到很可惜，特别是可惜那些能在天上飞的鸟儿，它们怎么能在天上飞呢？那多自在呀，我们想破头，也想不出鸟在天上飞的景象。萨布里和索朗丹增至今不相信这件事，他们说一定是若博妈妈逗我们玩的——可若博妈妈从没说过谎话。那么一定是若博妈妈看花眼了，把天上飘的树叶什么的看成了活物。

他俩还争辩说，天房外的树林里也没有会飞的东西。我说，天房内外的动植物是完全不同的，这你早就知道嘛。天房外有——可是，等等再说它们吧，若博妈妈不是让我们尽情玩儿吗？咱们抓紧时间玩吧。

若博妈妈说："小英子，你带大伙儿玩，我要回控制室了。"控制室是天房里唯一的房子，妈妈很少让我们进去。她在那里给我们做玛纳，还管理着一些奇形怪状的机器，是干什么"生态封闭循环"用的。她从不给我们讲这些机器，她说我们用不着知道，我们根本用不着它们。对了，若博妈妈最爱坐在控制室的后窗，用一架单筒望远镜看星星，看得可入迷了。可是，她看到什么，从不讲给我们听。

孩子们自动分成几拨，索朗丹增带一拨儿，他们要到山上逮老鼠，烤老鼠肉吃。萨布里带一拨儿，他们要到湖里游泳，逮白条儿鱼吃。玛纳很好吃，可是天天吃也吃腻了，有时我们会摘松果、逮老鼠和竹节蛇，换换口味。我和大川良子带一拨儿，有男孩、有女孩。我提议今天还是捉迷藏吧，大家都同意了。这时，有人喊我，是乔治，正向我跑来，他的那拨儿人站成一排等着。

大川良子附在我耳边说："他肯定又找咱们玩土人打仗，别答应他！"乔治在我面前站住，讨好地笑着："英子姐，咱们还玩土人打仗吧，行不？要不，给你多分几个人，让你赢一次，行不？"

我摇头拒绝了："不，我们今天不玩土人打仗。"

乔治力气很大，手底下还有几个力气大的男孩，像恰恰、泰森、吉布森等，分拨儿打仗他老赢，我、索朗丹增、萨布里都不愿同他玩打仗。乔治央求我："英子姐，再玩一次吧，求求你啦。"

我总是心软，他可怜巴巴的样子让我无法拒绝。忽然，我想出一个主意："好，和你玩土人打仗。可是，你不在乎我多找几个人吧。"乔治高兴了，慷慨地说："不在乎！不在乎！你在我的手下挑选吧。"

我笑着说："不用挑你的人，你去准备吧。"他兴高采烈地跑了。大川良子担心地悄声说："英子姐，咱们打不过他的，只要一打赢，他又狂啦。"

我知道乔治的毛病，不管这会儿他说得多好，一打赢他就狂得没边儿，变着法子折磨俘虏——让你爬着走路，让你当苦力，扒掉你的裙子画黑屁股。偏偏这是游戏规则允许的。我说："良子你别担心，今天咱们一定要赢！你先带大伙儿做准备，我去找人。"

索朗丹增和萨布里正要出发，我跑过去喊住他俩："索朗、萨布里，今天别逮老鼠和捉鱼了，咱们合成一伙儿，跟乔治打仗吧。"两人还有些犹豫，我鼓动他们："你们和乔治打仗不也老输吗，今天咱们合起来，一定能把他打败，教训教训他！"

两人想了想，高兴地答应，我们商量了打仗的方案。这边，良子已带大伙儿做好准备，拾一堆小石子和松果当武器，装在每人的猎袋里。天房里的孩子一向光着上身，腰间围着短裙，短裙后有一个猎袋，装着匕首和火镰（火石、火绒）。玩土人打仗用不着这两样玩意儿，但若博妈妈一直严厉地要求我们随身携带。乔治和安妮有一次把匕首、火镰弄丢了，若博妈妈甚至用电鞭惩罚他们。电鞭可厉害啦，被它抽一下，就会摔倒在地，浑身抽搐，疼到骨头缝里。乔治那么蛮勇，被抽过一次后，看见电鞭也会发抖。若博妈妈总是随身带着电鞭，不过一般不用它。但那次她怒气冲冲地吼道："记住这次惩罚的滋味！记住带匕首和火镰！忘了它们，有一天你会送命的！"

我们很害怕，也很纳闷。在天房里生活，我们从没用过匕首和火镰，若博妈妈为什么这样看重它们？不过，不管怎么说，从那次起，再没有人丢失过这两样东西。即使再马虎的人，也会时时检查自己的猎袋。

我领着手下来到眼睛湖边，背靠湖岸做好准备。我给大伙儿鼓劲儿："不要怕，我已经安排了埋伏，今天一定能打败他们。"

按照规则，这边做好准备后，我派孔茨站到土台上喊话："凶恶的土人哪，你们快来吧！"乔治他们怪声叫着跑过来。等他们近到十几步远时，我们的石子和松果像雨点般飞了过去，有几个人的脑袋被砸中了，哎哟哎哟地喊，可他们非常蛮勇，脚下一点儿不停。这边几个伙伴开始发慌，我大声喊："别怕，和他们拼！援兵马上就到！"大伙儿冲过去，和乔治的手下扭作一团。

乔治没想到这次我们这样拼命，他大声吼着："杀死野人！杀死野人！"混战一场后，他的人毕竟有力气，把我们很多人都摔倒了，乔治也把我摔倒在地，用左肘压着我的胸脯，右手掏出带鞘的匕首压在我的喉咙上，得意地说："降不降？降不降？"

按平常的规矩，这时我们该投降了。不投降就会被"杀死"，那么，这一天你不能再参加任何游戏。但我高声喊着："不投降！"猛地把他掀了下去。这时，后边传来一阵凶猛的杀声，索朗丹增和萨布里带领两拨人赶到，俩人收拾一个，很快把他们全降服了。索朗丹增和萨布里把乔治摔在地上，用带鞘匕首压着他的喉咙，兴高采烈地喊："降不降？降不降？"

乔治从震惊中醒过神，恼怒地喊："不算数！你们喊来这么多帮手！"

我笑道："你不是说不在乎我们人多吗？你说话不算数吗？"

乔治狂怒地甩开索朗和萨布里，从鞘中拔出匕首，恶狠狠地说："不服，我就是不服！"

索朗丹增和萨布里也被激怒了，因为游戏中不允许匕首出鞘。他们也拔出匕首，怒冲冲地说："想耍赖吗？想拼命吗？来吧！"

我忙喊住他们两个，走近乔治，乔治两眼通红，咻咻地喘息着。我柔声说："乔治，不许耍赖，大伙儿会笑话你的。快投降吧，我们不会扒掉俘虏的裤子，不会给你们画黑屁股。我们只在屁股上轻轻抽一下。"

乔治犹豫一会儿，悻悻地收起匕首，低下脑袋服输了。我用匕首砍下一根细树枝，让良子在每个俘虏屁股上轻轻抽一下，宣布游戏结束。恰恰、吉布森他们没料到惩罚这样轻，难为情地傻笑着——他们赢时可从没轻饶过俘虏。乔治还在咕哝着："约这么多帮手，我就是不服。"不过，我们都没理他。

红红的太阳升到头顶，索朗问："下边咱们玩什么？"孔茨逗乔治："还玩土人打仗，还是三拨儿收拾一拨儿，行不？"乔治恼火地转过身，只留给他一个脊背。萨布里说："咱们都去逮老鼠，捉来烤烤吃，真香！"我想了想，轻声说："我想和乔治、索朗、萨布里和良子到墙边，看看天房外边的世界。你们陪我去吗？"

几个人都垂下眼皮，一朵黑云把我们的快乐淹没了。我知道黑云里藏着什么：恐惧。我们都害怕到"外边"去，连想都不愿想。可是，从五岁开始，除了生日那天，我们每天都得出去一趟。

先是出去一分钟，再是两分钟、三分钟……现在增加到十五分钟。虽然只有十五分钟，可那就像一百年、一千年，我们总觉得，这次出去后就回不来了——的确有三个人没回来，尸体被若博妈妈埋在透明墙壁的外面，后来那些地方长出三株肥壮的大叶树。所以，从五六岁开始，天房的孩子们就知道什么是死亡，知道死亡每天在陪着我们。

我说："虽说出去过那么多次，但每次都只顾喘气啦，从没认真看外边是什么样子。可是若博妈妈说，每人必须通过外边的生存实验，谁也躲不过的。我想咱们该提前观察一下。"

索朗说："那就去吧，我们都陪你去。"

从天房的中央走到墙边，快走需两个小时。要赶快走，才能赶在晚饭前回来。我们绕过山脚，地势渐渐平缓，到处是半人高的节节草和芨芨草，偶尔可以看见一棵孤零零的松树，比山上的地皮松要高一些，但也只是刚盖过我们的头顶。草地上老鼠要少得多，大概因为这儿没有松果吃，偶尔见一只立在土坎上，抱着小小的前肢，用红色的小眼睛盯着我们。有时，还会看见一条竹节蛇"嗖"地钻到草丛中。

"墙"到了。

立陡陡的墙壁，直直地向上伸展，伸到眼睛看不到的高度后慢慢向里倾斜，形成圆锥状屋顶，墙壁和屋顶浑然一体，没有任何接缝。红色的阳光顺着透明的屋顶和墙壁流淌，天房内每一寸地方都沐浴在明亮的红光中。但墙壁外面不同，那里是阴森森的世界。

墙外长着完全不同的植物，最常见的是大叶树，粗壮的主干一直伸展到天空，下粗上细，从根部直到树梢都长着硕大的暗绿色叶子。大叶树间长着暗红色的蛇藤，光溜溜的，其上有小小的鳞状叶子，它们顺着大叶树蜿蜒，到顶端后就脱离大叶树，高高地昂起脑袋，等到与另一根蛇藤碰上，互相扭结着再往上爬，所以它们总是比大叶树还高。站在山顶上往下看，大叶树的暗绿色中到处昂着暗红色的脑袋。

大叶树和蛇藤也蛮横地占据我们的天房，擦着墙壁或吸附其上，几乎把墙壁遮满了。

一节蛇藤忽然晃动起来——不是蛇藤，是一条双口蛇。我们出去做生存实验时偶尔碰见过。双口蛇的身体是鲜红色的，用一张嘴吸附在地上或咬住树干，身体自由地屈伸着，用另一张嘴吃大叶树的叶子。等到附近的树叶被吃光，再用吃东西的这张嘴吸附在地上，腾出另一张嘴向前吃过去，身体就这样一屈一拱地往前走。现在，这条双口蛇的嘴巴碰到了墙壁，它在品尝这是什么东西，嘴巴张得大大的，露出整齐的牙齿，样子实在令人心怵。良子吓得躲到我身后，索朗不在乎地说："别怕，它是吃树叶的，不会吃人。它也没有眼睛，再说它还在墙外边呢。"

双口蛇试探了一会儿，啃不动坚硬的墙壁，便缩回身子，在枝叶中消失。我们都盯着外面，心里沉沉的。我们并不怕双口蛇，不怕大叶树和蛇藤围出来的黑暗。我们害怕——外面的空气。

那稀薄的、氧气不足的空气。

那儿的空气能把人"淹死"，你无处可逃。我们张大嘴巴、张圆鼻孔用力呼吸，但是没用，仍会难以忍受地感到窒息，就像魔鬼在掐着我们的喉咙，头部剧疼，黑云从脑袋开始向全身蔓延，逼得你把大小便拉在身上。我们无力地拍着门，乞求若博妈妈让我们进去，可是不到规定时刻她是不会开门的，三个伙伴就这样憋死在外边……

这会儿看到墙外的黑暗，那种窒息感又来了，我们不约而同地转过身，不想再看外边。其实，经过这几年的锻炼，这十五分钟我们已经能熬过来了，可是——每天一次呵！我们实在不想迈过那道密封门，可是好脾气的妈妈这时总扬着电鞭，凶狠地逼我们出去。

这十五分钟沉沉地坠在我们心头，即使睡梦中也不会忘记。而且，这个担心的下面还挂着一个模糊的恐惧：为什么天房内外的空气不一样？这点让人心里不踏实。我不知道为什么不踏实，但我就是担心。

我逼着自己转回身，重新面对墙外的密林。那里有食物吗？有没有吃人的恶兽？外面的空气是不是到处一样？我看哪看哪，心里有止不住的忧伤。我想，在今后的日子里，一定还有什么灾难在等着我们，谁也逃脱不了。

我们五人及时赶回控制室，红太阳已经很低了，红月亮刚刚升起。在粉红色的暮霭中，伙伴们排成一队，从若博妈妈手里接过今天的玛纳。发玛纳时，妈妈常会摸摸我们的头顶，问问今天干了什么，过得高兴吗。伙伴们也会笑嘻嘻地挽住妈妈的腰，扯住她的手，同她亲热一会儿。尽管妈妈的身体又硬又凉，我们还是想挨着她。若博妈妈这时十分和蔼，一点不见手执电鞭时凶巴巴的样子。

我排在队伍后边。轮到我了，若博妈妈拍拍我的脑袋问："你今天玩土人打仗，联合索朗和萨布里把乔治打败了，对吗？"我扭头看看乔治，他不乐意地梗着脖子，便打圆场地说："我们人多，开始是乔治占上风的。"

若博又拍拍我："好孩子，你是个好孩子，你们都是好孩子。"

玛纳分完了，我们很快把它吞到肚里。若博妈妈说："都不要走，有重要的事情要告诉大家。"我的心忽然沉了下去，我不知道她要说什么，但下午那个沉重的预感又来了。六十个伙伴都聚了过来，六十双眼睛在粉红色的月光下闪亮。若博妈妈的目光扫过我们每个人，严肃地说："你们已经过了十岁生日，已经是大孩子了。从明天起你们要离开天房，每七天回来一次。这七天每人只发一颗玛纳，其余食物自己寻找。"

我们都傻了，慢慢转动着脑袋，看着前后左右的伙伴。若博妈妈一定是开玩笑的，不会真把我们赶出去。七天！七天后所有的人都要憋死啦。若博妈妈，你干吗要用这么可怕的玩笑来吓唬我们呢？可是，妈妈的声音变得严厉起来："记住是七天！明天是 2000 年 4 月 2 日，早上太阳出来前全部出去，到 4 月 8 日早上太阳升起后再回来，早一分钟我也不会开门。"

乔治狂怒地喊："七天后我们会死光的！我不出去！"

若博妈妈冷冰冰地说："你想尝尝电鞭的滋味吗？"她摸着腰间的电鞭向乔治走去，我急忙跳起来护住乔治，乔治挺起胸膛与她对抗，但他的身体分明在发抖。我悲哀地看着若博妈妈，想起刚才有过的想法：某个灾难是我们命中注定的。我盯着她的眼睛，低声说："妈妈，我们听你的吩咐，可是——七天！"

若博妈妈垂下鞭子，叹息一声："孩子们，我不想逼你们，可是你们必须尽快通过生存实验，否则就来不及了。"

晚上，我们总是分散在眼睛湖边的草地上睡觉，今晚大伙儿没有商量，自动聚在一块儿，身体挨着身体，头顶着头。我们都害怕，睁大眼睛不睡觉。红月亮已经升到天顶，偶尔有一只小老鼠从草丛里跑过去。朴顺姬忽然把头钻到我的腋下，嘤嘤地哭了："英子姐，我害怕。"

我说不要怕，怕也没有用。若博妈妈说得对，既然能熬过十五分钟，就能熬过七天。我们生下来，我们活着，就是为了这个生存实验呀，谁也逃不掉。乔治怒声说："不出去，咱们都不出去！"萨布里马上接话："可是，妈妈的电鞭……"乔治咬着牙说："把它偷过来！再用它……"

大伙儿都打一个寒噤。在此之前，从没人想过要反抗若博妈妈，乔治这句话让我们胆战心惊。很多人仰头看着我，我知道他们在等我发话，便说："不，我想该听妈妈的话，她是为咱们好。"

乔治怒冲冲地啐一口，离开我们单独睡去了。我们都睁着眼，很久才睡着。

早上我们醒了，外边是难得的晴天，红色的朝霞在天边燃烧，蓝色的天空澄澈无比。有一段时间，我们几乎忘了昨晚的事。我们想，这么美好的日子，那种事不会发生。可是，若博妈妈在控制室等着我们，提了一篮玛纳，腰里挂着电鞭。她喊我们："快来领玛纳，领完就出去！"

我们悲哀地走了过去，默默地领了玛纳，装在猎袋里。若博妈妈领我们走了两个小时，来到密封门口。墙外，黏糊糊的浓绿仍在紧紧地箍着透明的墙壁，黑暗在等着吞噬我们。密封门打开了，空气带着啸声向外流，若博妈妈说过，这是因为天房内空气的压力比外边大。一只小老鼠借着风力，嗖地穿过密封门，消失在绿荫中。我怜悯地想，它这么心甘情愿地往外跑，大概不知道外边的可怕吧。

所有伙伴都哀求地看着若博妈妈，祈盼她在最后一刻改变主意。可是不会的，她脸上冷冰冰的，非常严厉。我只好带头跨过密封门，伙伴们跟在后边。孔茨最后出来后，密封门唰地关闭了，啸声被截住了。

由于每天进出，门外已被踩出一个小小的空场，我们茫然地待在这个空场里，不知道下一步该往哪儿走。窒息的感觉马上来了，它挤出我们肺内最后一点儿空气，扼住我们喉咙。眼前发黑，我们张大嘴巴喘息着。忽然，朴顺姬嘶声喊着："我……受不……了啦……"

她撕着胸口，慢慢倒了下去，我和索朗赶紧俯下身。她的脸色青紫，眼珠凸出，极度的恐惧充溢在瞳孔里。这是怎么回事？我们出来还不到五分钟，平时她忍受十五分钟也没出意外呀。我们着急地喊着："顺姬，快吸气！大口吸气！"

没有用。她的脸色越来越紫，眼神已开始蒙眬。我急忙跑到密封门前，用力拍着："快开门！快开门！顺姬要死啦！若博妈妈，快开门！"索朗已经把顺姬抱到门边。索朗丹增是伙伴中最能适应外边空气的，若博妈妈说这是因为遗传，他的血液携氧能力比别人强。他把顺姬举到门边，可是那边没有动静。若博妈妈像石像一样立在门内，不知道她是否听到我们的喊声。我们喊着，哭着，忽然，一股臭气冲了出来，顺姬的大小便失禁了。她的身体慢慢变冷，一双眼睛仍然圆睁着。

门还是没有开。

伙伴们立在顺姬的尸体旁垂泪，没人哭出声。我们已经知道，妈妈不会来抚慰我们。顺姬死了，不是在游戏中被杀死的，是真的死了，再也不能活过来。天房通体透明，充溢着明亮温暖的红光，衬着这红色的背景，墙壁那边的若博妈妈一动不动。天房，家，若博妈妈，这些字眼从懂事起就种在我们心里，是那样亲切。可是今天它们一下子变得冰冷坚硬，冷酷无情。

我忍着泪说："她不会开门的，走吧，到森林里去吧。"这时，我忽然发现我们出来已经很久，绝对超过十五分钟，可是，只顾忙着抢救顺姬和为她悲伤，几乎忘了现在是呼吸着外面的空气。我欣喜地喊："你们看，十五分钟早过去了，咱们再也不会憋死了！"

大家都欣喜地点头。虽然胸口还很闷，头昏，四肢乏力，但至少我们不会像顺姬那样死去了，很可能顺姬是死于心理紧张。确认这一点后，恐惧便没那么入骨了。大川良子轻声问我："顺姬怎么办？"

顺姬怎么办？记得若博妈妈说过，对死人的处理要有一套复杂的仪式，仪式完成后把尸体埋掉或者烧掉，这样灵魂才能远离痛苦，飞到一个流淌着奶汁和蜜糖的地方。但我不懂得埋葬死人的仪式，也不想把顺姬烧掉，那会使她疼痛的。我想了想，说："用树叶把她埋掉吧。"

我取下顺姬的猎袋，挎在肩上，吩咐伙伴砍下很多枝叶，把尸体盖得严严实实。然后我们离开了这儿，向森林走去。

大叶树和蛇藤互相缠绕，森林里十分拥挤和黑暗，几乎没法走动。我们用匕首边砍边走。我怕伙伴们走失，就喊来乔治、索朗、萨布里、娜塔莎和优素福，我说咱们还按玩游戏那样分成六队吧，每队十个人，咱们六人是队长，要随时招呼自己的手下，莫要走失。几个人爽快地答应了。我不放心，又特意交代："现在不是玩游戏，知道吗？不是玩游戏！谁在森林中丢失就会死去，再也活不过来了！"

大伙儿看看我，眼神中是驱不散的惧意。只有索朗和乔治不大在乎，他们大声说："知道了，不是玩游戏！"

当天，我们在森林里走了大约一百步。太阳快落了，我们砍出一片小空场，又砍来枝叶铺在地上。红月亮开始升起来，这是每天吃饭的时刻，大家从猎袋中掏出圆圆的玛纳。我舍不得吃，我知道今后的六天中不会有玛纳了。犹豫了一会儿，我用匕首把玛纳分成三份儿，吃掉一份，其余小心地装回猎袋。这一块玛纳太小了，吃完后更是勾起我的饥火，真想把剩下的两块一口吞掉。不过，我终于战胜了它的诱惑。我的手下也都学我，把玛纳分成三份，可是我见三人没忍住，又悄悄把剩下的两块吃了。我叹了口气，没有管他们。

这是我们第一次在天房之外过夜。在天房里睡觉时，我们知道天房在护着我们，为我们遮挡雨水，为我们提供充足的空气，还有人给我们制造玛纳。可是，忽然之间，这些依靠全没了。尽管很疲乏，我还是惴惴地睡不着，越睡不着越觉得肚里饿。索朗忽然戳戳我："你看！"

借着从树叶缝隙透出来的月光，我看见十几条双口蛇趴在周围。白天，当我们闹腾着砍树开路时，它们都惊跑了，现在又好奇地聚了过来。它们把两只嘴巴吸附在地上，身子弯成弧形，安静地听着宿营地的动静。索朗小声说："明天捉双口蛇吃吧，我曾吃过一条小蛇崽，肉发苦，不过也能吃。"

我问："能逮住吗？双口蛇没眼睛，可耳朵很灵。还有它们的大嘴巴和利牙，咬一口可不得了。"索朗自信地说："没事，想想办法，一定能逮住的。"孔茨醒了，仰起头惊叫道："这么多双口蛇！英子姐，你看！"双口蛇受惊，四散逃走，身体一屈一拱，一屈一拱，很快便消失在密林中。

天亮了，阳光透过茂密的枝叶射下来，变得十分微弱。林中阴冷潮湿，伙伴们个个缩紧身体，挤成一团。索朗丹增紧靠着我的脊背，一只手臂还搭在我的身上。我挪开他的手臂，坐起身。顺着昨天开出的路，我看见了天房，那儿，早晨的阳光充满密封的空间，透明的墙壁和屋顶闪着红光。我呆呆地望着，忘了对若博妈妈的恼怒，巴不得马上回到她身边。

但我知道，不到七天，她不会为我们开门的，哪怕我们全死在门外。想到这里，我不由得怨恨起来。

我喊醒乔治他们，说："今天得赶紧找食物，好多人已经把玛纳吃光了，还有六天呢。我和娜塔莎领两队去采果实，乔治、索朗你们带四个队去捉双口蛇，如果能捉住一条，够我们吃三四天的。"大伙儿同意我的安排，分头出发。

森林中只有大叶树和蛇藤，枝叶都不能吃，又苦又涩，我尝了几次，忍不住吐出来。它们有果实吗？良子发现，树的半腰挂着一嘟噜一嘟噜的圆球，我让大伙儿等着，向树上爬去。大叶树树干很粗，没法抱住，好在这种树从根部就有分杈，我蹬着树杈，小心地向上爬。稀薄缺氧的空气使我的四肢酥软，每爬一步都要使出很大的力气。我越爬越高，树叶遮住了下面的同伴。斜刺里伸来一枝蛇藤，围着大叶树盘旋上升，我抓住蛇藤喘息了一会儿，再往上爬。现在，一串串圆圆的果实悬在我的脸前，我在蛇藤上盘住腿，抽出匕首砍下一串，小心地尝尝。味道也有点儿发苦，但总的说还能吃。我贪馋地吃了几颗，觉得肚子里的饥火没那么炽烈了。

我呼喊伙伴们："注意，我要扔大叶果了！"我砍下果实，瞅着树叶缝隙扔了下去。过一会儿，听见树底下高兴的喊声，他们已尝到大叶果的味道了。一棵大叶树有十几串果实，够我们每人分一串。

我顺着蛇藤往下溜，大口喘息着。有两串大叶果卡在树杈上，我探着身子把它们取了下来。伙伴们仰脸看着我。快到树下了，我实在没力气，手一松，顺着树干溜了下去，结结实实地摔在地上。等我从昏晕中醒来，听见伙伴们焦急地喊："英子姐，英子姐！英子姐，你醒啦。"

我撑起身子，伙伴们团团围住我。我问："大叶果好吃吗？"大伙儿摇着头："比玛纳差远啦，不过总算能吃吧。"我说："快去采摘，乔治他们不一定能捉到双口蛇。"

到了下午，每人的猎袋都塞满了。我带伙伴选了一块稀疏干燥的地方，砍来枝叶铺出一个窝铺，然后让孔茨去喊其他队回来。孔茨爬到一棵大树上，用匕首拍着树干，高声吆喝："伙伴——回来哟——玛纳——备好喽——"

过了半个小时，那几队从密林中钻了出来，个个疲惫不堪，垂头丧气，手里空空的。我知道他们今天失败了，怕他们难过，忙笑着迎过去。乔治烦闷地说，没一点儿收获，双口蛇太机警，稍有动静它们就逃得不见影。他们转了一天，只围住一条双口蛇，但在最后当口又让它逃跑了。索朗骂着："这些瞎眼的东西，比明眼人还鬼灵呢。"

我安慰他们："不要紧，我们采了好多大叶果，足够你们吃啦。"孔茨把大叶果分成四十份，每人一份。乔治、索朗他们都饿坏了，大口大口地吃着。我仰着头想心事，刚才乔治讲双口蛇这么机灵，勾起了我的担心。等他们吃完，我把乔治和索朗叫到一边，小声问："你们还看到别的什么野兽吗？"他们说："没看见，英子姐你在担心什么？"

我说："是我瞎猜呗。我想双口蛇这么警惕，大概它们有危险的敌人。"两人的脸色也变了，"不管怎么样，以后咱们得更加小心。"

大家都乏透了，早早睡下。不过，我一直睡不安稳，胸口像压着大石头，骨头缝里又困又疼。我梦见朴顺姬来了，用力把我推醒，恐惧地指着外边，喉咙里嘶声响着，却喊不出来。远处的黑暗中有双绿莹莹的眼睛，在悄悄逼近——我猛然坐起身，梦境散了，朴顺姬和绿眼睛都消失了。

我想起可怜的顺姬，泪水不由得涌出来。

身边有动静，是乔治，他也没睡着，枕着双臂想心事。我说："乔治，我刚才梦见了顺姬。"乔治闷声说："英子姐，你不该护着若博妈妈，真该把她……"

我苦笑着说："我不是护她。你能降住她吗？即使你能降住她，你能管理天房吗？能管理那个'生态封闭循环系统'吗？能为伙伴们制造玛纳吗？"

乔治低下头，不吭声了。

"再说，我也不相信若博妈妈是在害我们。她把咱们六十个人养大，多不容易呀，干吗要害咱们呢？她是想让咱们早点儿通过生存实验，早点儿回家。"

乔治肯定不服气，不过没有反驳。但我忽然想起顺姬窒息而死时透明墙内若博妈妈那冷冰冰的身影，不禁打了一个寒战。即使为了逼我们早点儿通过生存实验，她也不该这么冷酷啊。也许……我赶紧驱走这个想法，问乔治："乔治，你想早点回'故土'吗？那儿一定非常美好，天上有鸟，地上有汽车，有电视，有长着大乳房的妈妈，还有不长乳房可同样亲我们的爸爸；有高高的松树，鲜艳的花，有各种各样的玛纳……而且没有天房的禁锢，可以到处跑到处玩。我真想早点回家！"

索朗、良子他们都醒了，向往地听着我的话。乔治刻薄地说："全是屁话，那是若博妈妈哄我们的。我根本不信有这么好的地方。"

我知道乔治心里烦，故意使别劲，便笑笑说："你不信，我信。睡吧，也许十天后我们就能通过生存实验，真正的爸妈就会来接咱们。那该多美呀。"

第二天，我们照样分头去采大叶果和捉双口蛇。晚上乔治他们回来后比昨天更疲惫，更丧气。他们发疯地跑了一天，很多人身上都挂着血痕，可是依然两手空空。好强的乔治简直没脸吃他的那份大叶果，脸色阴沉，眼中喷着怒火，他的手下都胆怯地躲着他。我心中十分担心，如果捉不到双口蛇，单单大叶果的营养毕竟有限，常常吃完就饿，老拉稀。谁知道妈妈的生存实验要延续多少轮？五十九个人的口粮呀。不过，我把担心藏在心底，高高兴兴地说："快吃吧，说不定明天就能吃到烤蛇肉了！"

第三天仍是扑空，第四天我决定跟乔治他们一块儿行动。很幸运，我们很快捉到一条双口蛇，但我没想到搏斗是那样惨烈。

我们把四队人马撒成大网，朝一个预定的地方慢慢包抄。常常瞥见一条双口蛇在枝叶缝隙里一闪，迅即消失。不过不要紧，索朗他们在另外几个方向等着呢。我们不停地敲打树干，也听到另外三个方向的敲击声。包围圈慢慢缩小，忽然听到了剧烈的扑通扑通声，夹杂着吱吱的尖叫。叫声十分刺耳，让人头皮发麻。乔治看看我，加快行进速度。他拨开前面的树叶，忽然呆住了。

前边一个小空场里有一条巨大的双口蛇，身体有人腰那么粗，三四个人那么长，我们从没见过这么大的双口蛇。但这会儿它正在垂死挣扎，身上到处是伤口，流着暗蓝色的血液。它疯狂地摆动着两个脑袋，动作敏捷地向外逃跑，可是每次都被一个更快的黑影截回来。我们看清那个黑影，那是只——老鼠！当然不是天房内的小老鼠，它的身体比我们还大，尖嘴，粗硬的胡须，一双圆眼睛闪着阴冷的光。虽然它这么巨大，但相貌分明是老鼠，这没任何疑问。也许是几年前从天房里跑出来的老鼠长大了？这不奇怪，有这么多双口蛇供它吃，还能不长大吗？

巨鼠也看到我们，但根本不屑理会，仍旧蹲伏在那儿，守着双口蛇逃跑的路。双口蛇只要向外一蹿，它马上以更快的速度扑上去，在蛇身上撕下一块肉，再退回原处，一边等待，一边慢条斯理地咀嚼。它的速度、力量和狡猾都远远高于双口蛇，所以双口蛇根本没有逃生的机会。乔治紧张地对我低声说："咱们把巨鼠赶走，把蛇抢过来，行不？够咱们吃四天啦。"

我担心地望望阴险强悍的巨鼠，小声说："打得过它吗？"乔治说："我们四十个人呢，一定打得过！"双口蛇终于耗尽了力气，瘫在地上抽搐着，巨鼠踱过去，开始享用它的美餐。它是那么傲慢，根本不把四周的人群放在眼里。

三个方向的敲击声越来越近，索朗他们都露出头，是进攻的时候了。这时，一件意外的小事促使我们下了决心。一只小老鼠溜了过来，东嗅嗅西嗅嗅，看来是想分点儿食物。这是只普通的老鼠，也许就是三天前才从天房里逃出的那只。但巨鼠一点儿不怜惜同类，闪电般扑过来，一口咬住小老鼠，咔咔嚓嚓地嚼起来。这种对同类的残忍激怒了乔治，他大声吼道："打呀！打呀！索朗、萨布里，快打呀！"四十个人冲过去，团团围住巨鼠，巨鼠的小眼睛里露出一丝胆怯，它放下食物，吱吱地怒叫着与我们对抗。忽然，它向孔茨扑过去，咬住孔茨的右臂，孔茨惨叫一声，匕首掉在地上。它把孔茨扑倒，敏捷地咬住他的脖子。我尖叫一声，乔治怒吼着扑过去，把匕首扎到巨鼠背上。索朗他们也扑上去，经过一场惨烈的搏斗，巨鼠逃走了，背上还插着那把匕首，血淌了一路。

　　我把孔茨抱到怀里，他的喉咙上有几个深深的牙印，向外淌着鲜血。我用手捂住伤口，哭喊着："孔茨！孔茨！"他慢慢睁开无神的眼睛，想向我笑一下，可是牵动了伤口，他又晕了过去。

　　那条巨大的双口蛇躺在地上，但我一点儿不快乐。乔治也受伤了，左臂上两排牙印。我们砍下枝叶，铺好窝铺，把孔茨抬过去。萨布里他们捡干树枝，索朗带人切割蛇肉。生火费了很大的劲儿，尽管每人都能熟练地使用火镰，但这儿不比天房内，稀薄的空气老是令火舌窒息。不过，火总算生起来了，我们用匕首挑着蛇肉烤熟。也许是因为饿极了，蛇肉虽然有股怪味，但每人都吃得津津有味。

我把最好的一串烤肉送给孔茨，他艰难地咀嚼着，轻声说："不要紧，我很快会好的……我很快会好的，对吗？"

我忍着泪说："对，你很快会好的。"

乔治闷闷地守着孔茨，我知道他心里难过，他没有杀死巨鼠，匕首也让巨鼠带走了。我从猎袋里摸出顺姬的匕首递给他，安慰道："乔治，今天多亏你救了孔茨，又逮住这么大的双口蛇。去，烤肉去吧。"

深夜，孔茨开始发烧，身体像着了火，喃喃地喊着："水，水。"可是我们没有水。大川良子和娜塔莎把剩下的大叶果挤碎，挤出了那么一点点汁液，摸索着滴到孔茨嘴里。周围是深深的黑暗，黑得就像世界已经消失，只剩下我们浮在半空中。我们顺着来路向后看，已经太远了，看不到天房，那个总是充盈着红光的温馨的天房。黑夜是那样漫长，我们在黑暗中沉呀沉呀，总沉不到底。

孔茨折腾一夜，好容易才睡着。我们也疲惫不堪地睡去。

有人喊喊喳喳地说话，把我弄醒了。天已经大亮，红色的阳光透过密林，在我们身上洒下一个个光斑。我赶紧转身去看孔茨，盼望着这一觉之后他会好转。可是没有，他的病更重了，身体烫人，眼睛紧闭，怎么喊也没有反应。我知道是那只巨鼠把什么细菌传给他了，若博妈妈曾说过，土里、水里和空气里到处都有细菌，谁也看不见，但它能使人得病。乔治也病了，左臂红肿发热，但病情比孔茨轻得多。我默默思索一会儿，对大家说："今天是第五天，食物已经够两天吃了，我们开始返回吧。但愿……"

但愿若博妈妈能提前放我们进天房，用她神奇的药片为孔茨和乔治治病。但我知道这是空想，妈妈的话从没有更改过。我把蛇肉分给各人，装在猎袋里，索朗、恰恰、吉布森几个力气大的男孩轮流背孔茨，五十九人的队伍缓慢地返回。

有了来时开辟的路，回程容易多了。太阳快落时我们赶到密封门前，几个女孩抢先跑了过去，用力拍门："若博妈妈，孔茨快死了，乔治也病了，快开门吧。"她们带着哭声喊着，但门内没一点儿声响，连若博妈妈的身影也没出现。

小伙伴们跑了回来，哭着告诉我："若博妈妈不开门！"我悲哀地注视着大门，连愤怒都没力气了。实际上，我早料到这种结果，但我那时仍抱着万分之一的希望。伙伴们问我怎么办，索朗、萨布里怒气冲冲，更不用说乔治了，他的眼睛冒火，几乎能把密封门烧穿。我疲倦地说："在这儿休息吧，收拾好睡觉的窝铺，等到后天早上吧。"

伙伴们恨恨地散开。有了这几天的经验，一切都有条不紊地进行。蛇肉烤好了，但孔茨紧咬嘴唇，再三劝说也不吃。我想起猎袋里还有两小块玛纳，掏出来放到孔茨嘴边，柔声劝道："吃点吧，这是玛纳呀。"孔茨肯定听见了我的劝告，慢慢张开嘴，我把玛纳掰碎，慢慢塞进他嘴里。他艰难地嚼着，吃了半个玛纳。

我们迎来了日出，又迎来了月出。第七天的凌晨，在太阳出来之前，孔茨咽下最后一口气。他在濒死前喘息时，乔治冲到密封门前，用匕首狠狠地砍着门，暴怒地吼道："快开门！你这个硬邦邦的魔鬼，快开门！"

透明的密封门十分坚硬，匕首在上面滑来滑去，没留下一点儿刻痕。我和大川良子赶快跑去，好说歹说才把他拉回来。

孔茨咽气了，不再受苦了，现在他的表情十分安详。五十八个小伙伴都没有睡，默默团坐在尸体周围，我不知道他们的内心是悲伤还是仇恨。当天房的尖顶接受第一缕阳光时，乔治忽然坚定地说："我要杀了她。"

我担心地看看门那边——不知道若博妈妈能否听到外边的谈话——小心地说："可是，她是铁做的身体。她可能不会死的。"

乔治带着恶毒且得意地说："她会死的，她可不是不死之身。我一直在观察她，知道她怕水，从不敢到湖里，也不敢到天房外淋雨。她每天还要更换能量块，没有能量她就死啦。"

他用锋利的目光盯着我，分明是在询问：你还要护着她吗？我叹息着垂下目光。我真不愿相信妈妈在戕害我们，她是为我们好，是为了让我们早点儿通过生存实验……可是，她竟然忍心让朴顺姬和孔茨死在她的眼前，这是我无法为她辩解的。我再次叹息着，附在乔治耳边说："不许轻举妄动！等我学会控制室的一切，你再……听见了吗？"

乔治高兴了，用力点头。

密封门缓缓打开，嘁嘁的气流声响了起来。我们听见若博妈妈大声喊着："进来吧，把孔茨的尸体留在外面，用树枝掩埋好。"

原来，她确实在天房内观察着孔茨的死亡！就在这一刻，我心中对她的最后一点儿依恋"咔嚓"一声断了。我取下孔茨的猎袋，指挥大家掩埋了尸体，然后把恨意咬到牙关后，随大家进门。若博在门口迎接我们。我说："妈妈，我没带好大家，死了两个伙伴。不过，我们已学会采摘果实和猎取双口蛇。"

妈妈亲切地说："你们干得不错，不要难过，死人的事是免不了的。乔治，过来，我为你上药。"

乔治微笑着过去，顺从地敷药，吃药，还天真地问："妈妈，吃了这药，我就不会像孔茨那样死去了，对吧？"

"对，你很快就会痊愈。"

"谢谢你，若博妈妈，要是孔茨昨晚能吃到药片，该多好啊。"

若博妈妈对每人做了身体检查，凡有外伤的都敷上药。晚上分发玛纳时，她宣布："你们在天房里好好休养三天，三天后还要出去锻炼，这次锻炼为期——三十天！"刚刚缓和下来的空气马上凝固了。伙伴们你看看我，我看看你，目光中尽是惧怕和仇恨。乔治天真地问："若博妈妈，这次是三十天，下次是几天？"

"也许是一年。"

"若博妈妈，上次我们出去六十个人，回来五十八个。你猜猜，下次回来会是几个人？下下次呢？"

谁都能听出他话中的恶毒，但若博妈妈假装没听出来，仍然亲切地说："你们已基本适应了外面的环境，我希望下次回来还是五十八个人，一个也不少。"

"谢谢你的祝福，若博妈妈。"

吃过玛纳，我们像往常一样玩耍，谁也不提这事。睡觉时，乔治挤到我身边睡下。他没有和我交谈，一直瞪着天房顶上的星空。红月亮上来了，给我们盖上一层红色的柔光。等别人睡熟后，乔治摸到我的手，掰开，在手心慢慢画着。他画的第一个字母是K，然后在月光中仰头看我，我点点头表示理解。他又画了第二个字母——I，接着是L，L。KILL！他要把杀死若博的想法付诸行动！他严厉地看着我，等我回答。

我真不知道该怎么办。若博这些天的残忍已激起我强烈的敌意，但她的形象仍保留着过去的一些温暖。她抚养我们一群孩子，给我们制造玛纳，教我们识字，算算术，为我们治病，给我们讲很多地球那边的故事。我不敢想象自己真的会杀她。这不光涉及对她一个人的感情，在我内心深处一直有一个不甚明确的看法：若博妈妈代表着地球那边同我们的联系，她一死，这条唯一的联系就全断了！

乔治看出我的犹豫，生气地在我手心画一个惊叹号。我知道他已下定决心，不会更改，而且他不是一个人，他代表着索朗丹增、萨布里、恰恰、泰森等，甚至还有女孩子们。我心里激烈地斗争着，拉过乔治的手写道："等我一天。"

乔治理解了，点点头，翻过身。我们就这样不声不响地看着夜空，想着各自的心事。深夜，我已蒙眬入睡，一只手摸摸索索地把我惊醒。是乔治，他把我的手握到他手心里，然后慢慢凑过来，亲亲我的嘴唇。很奇怪，一团火焰忽然烧遍我的全身，麻酥酥的快感从嘴唇射向大脑。我几乎没有考虑，嘴唇自动凑过去，乔治猛地搂住我，发疯地亲起来。

在一阵阵快乐的震颤中，我想，也许这就是若博妈妈讲过的男女之爱？也许乔治吻过我以后，我肚子里就会长出一个小孩儿，而乔治就是他的爸爸？这个想法让我有点儿胆怯，我努力把乔治从怀中推出去。乔治服从了，翻过身睡觉，但他仍紧紧拉着我的右手。我抽了两次没抽出来，也就由他了。

第二天早上醒来，我的手还在他的掌中。因为有了昨天的初吻，我觉得和乔治更亲密了。我抽出右手，乔治醒了，马上又抓住我的手，在手心中重写了昨天的四个字母：KILL！他在提醒我不要忘了昨晚的许诺。

伙伴们开始分拨玩耍，毕竟是孩子啊，他们要抓紧时间享受今天的乐趣。但我觉得自己长大了，作为大伙儿的头头儿，一份沉甸甸的责任压在我的身上，这份责任让我大了二十岁。

我敲响控制室的门，心中免不了内疚。在六十个孩子中，若博妈妈最疼爱我，现在我要利用这份偏爱去刺探她的秘密。妈妈打开门，询问地看看我，我忙说："若博妈妈，我想对你谈一件事，不想让别人知道。"

妈妈点点头，让我进屋，把门关上。我很少来控制室，早年来过两三次，已经没有什么印象了。控制室里尽是硬邦邦的东西，很多粗管道通到外边，几台机器蜷伏在地上。后窗开着，有一架单筒望远镜，那是若博妈妈终日不离的宝贝。这边有一张控制台，嵌着一排排红绿按钮，我扫了一眼，最大的三个按钮下写着："空气压力 / 成分控制""温度控制""玛纳制造"。

怕若博妈妈起疑，我不敢看得太贪婪，忙从那儿收回目光。若博妈妈亲切地看着我——令我痛苦的是，她的亲切里看不出一点儿虚假——问："小英子，有什么事？"

"若博妈妈，有一个想法在我心中很久很久了，早就想找你问问。"

"什么想法？"

"若博妈妈，你常说我们是在地球上最偏远的地方，可是——这儿真的是在地球上吗？"

若博妈妈仔细地看着我："哟，这可是个新想法。你怎么有了这个想法？"

"我看到一些蛛丝马迹，它们一点点加深了我的怀疑。比如，天房内外的东西明显不一样，树木呀，草呀，动物呀，空气呀。打开密封门时，空气会嗤嗤地往外跑，你说是因为天房内的气压比外边高，还说天房内的一切和地球那边是一样的。那么，地球那边的气压也比这儿高吗？它们为什么不嗖嗖地往这边跑？"

"真是新奇的想法。还有吗？"

"还有，你给我们念书时，曾提到'金色的阳光''洁白的月光'，可是，这儿的太阳和月亮都是红色的。为什么？这边和那边不是一个太阳和月亮吗？"

"噢，还有什么？"

"你说过，一个月的长短大致等于从满月经新月到满月的一个循环。可是，根本不是这样！在这儿，满月到满月只有十六天，可是在你的日历上，一月有三十天、三十一天。若博妈妈，这是为什么？"

我充满期待地看着她。我提出这个问题原本是想转移她的注意力，好乘机开始我的侦察，但现在这个问题真的把我吸引住了。因为，这个疑问本来就埋在心底，当我用语言表达出来后，它变得更加清晰。若博妈妈静静地看着我，很久没有回答，后来她说："你真的长大了，能够思考了。但是很遗憾，你提的问题在我的资料库里没有现成答案。等我想想再回答你吧。"

"好吧，"我也转移话题，指着望远镜问，"若博妈妈，你每天看星星，为什么从不给我们讲星星的知识呢。"

"这些知识对你们用处不大。世上知识太多了，我只能讲最有用的。"

我扫视一下四周："若博妈妈，为什么不教会我用这些机器？

这最实用嘛，我能帮你多干点儿活啦。"

我想，这个大胆的要求肯定会激起她的怀疑，但似乎没有，她叹口气说："这也是没用的知识，不过，你有兴趣，我就教你吧。"

我绝没想到我的阴谋会这样顺利。若博妈妈用一整天的时间，耐心讲解屋内的一切：如何控制天房内的氧气含量、气压和温度，如何操纵生态循环系统并制造食用的玛纳，如何开启和关闭密封门，如何使用药物……下午，她还让我实际操作，制造今天要用的玛纳。其实操作相当简单，在写着"玛纳制造"的那排键盘中，按下启动钮，生态循环系统中净化过的水、二氧化碳和其他成分就会进入制造机，一个个圆圆的玛纳便从出口滚了出来。等到滚出五十八个，按一下停止钮就行了。我兴奋地说："我学会了！妈妈，制造玛纳这么容易，为什么不多造一些呢，为什么让我们那么艰难地出去找食物呢。"

若博笑笑，没回答我的问题，只是说："今天是你制造的玛纳，你向大伙儿分发吧。"

我站在若博妈妈常站的土台上，向排队经过的伙伴分发玛纳，大伙儿都新奇地看着我，我一边发，一边骄傲地说："是我制造的玛纳，若博妈妈教会我了。"

乔治过来了，我同样告诉他："我会制造玛纳了。"乔治点点头，重复一遍："你会制造玛纳了。"

我忽然打了一个寒战。我悟到，两人在说同一句话，但这句话的深层含义却不同。晚上，乔治悄悄拉上我，向孤山上爬去。今天月色不好，一路上磕磕绊绊，走得相当艰难。终于到了。他领我走进山腰处的一个山洞，里面已经有五六个伙伴，我贴近他们的脸，辨认出是索朗、萨布里、恰恰、娜塔莎和良子。我的心开始往下沉，知道这次秘密会议意味着什么。

　　乔治沉声说："我们的计划应该实施了，英子姐已经学会制造玛纳，学会控制天房内的空气循环系统。该动手了，要不，等若博再把我们赶出去三十天，说不定一半人会死在外边。"

　　大家都看着我，他们一向喜欢我，把我看作他们的头头儿。现在我才知道，这副担子对一个十岁的孩子来说太重了。我难过地说："乔治，难道没有别的路可走吗？今天若博妈妈把所有控制方法都教给我了，一点儿也没有疑心。如果她怀着恶意，会这样干吗？"

　　良子也难过地说："我也不忍心。若博妈妈把我们带大，给我们讲地球那边的故事……"

　　恰恰愤怒地说："你忘了朴顺姬和孔茨是怎么死的！"

　　索朗丹增也说："我实在不能忍受了！"

　　乔治倒比他们镇静，摆摆手制止住他们，问我："英子姐，你说怎么办？你能劝动若博妈妈，不再赶咱们出去吗？"

　　我犹豫着，想到朴顺姬和孔茨濒死时若博的无情，知道自己很难劝动她。想到这些，我心中的仇恨也烧旺了。我咬着牙说：

"好吧，再等我一天，如果明天我劝不动她，你们就……"

乔治一拳砸在石壁上："好，就这么定！"

第二天，没等我去找若博妈妈，她就把我喊去了。她说既然你已开始学，那就趁这两天学透吧，也许有用呢。她耐心地又从头教一遍，让我逐项试着操作。但我却有点儿心不在焉，盘算着如何劝动妈妈。我知道没有退路了，今天如果劝不动妈妈，一场血腥的屠杀就在面前，或者是若博死，或者是乔治他们。

下午，若博妈妈说："行了，你已经全部掌握，可以出去玩了。小英子，你是个好孩子，比所有人都知道操心，你会成为一个好头人的。"

我趁机说："若博妈妈，不要赶我们出去，好吗？至少不要让我们出去那么长时间，顺姬和孔茨死了，不知道下回轮着谁。天房里有充足的空气，有充足的玛纳。生存实验得慢慢来。行吗？"

妈妈平静地说："不，生存实验一定要加快进行。"

她的话非常决绝，没有任何回旋余地。我望着她，泪水一下子盈满眼眶。妈妈，从你说出这句话后，我们就成为敌人了！若博妈妈似乎没看见我的眼泪，淡然地说："这件事不要再提，出去玩吧，去吧。"我沉默着，勉强离开她。忽然，吉布森飞快地跑来，很远就喊着："若博妈妈，快，乔治和索朗用匕首打架，是真的用刀。有人已受伤了！"

若博妈妈急忙向那边跑去，我跟在后边。湖边乱糟糟的，几乎所有孩子都在这儿，人群中，索朗和乔治都握着出鞘的匕首，恶狠狠地挥舞着，脸上和身上血迹斑斑。若博妈妈解下腰间的电鞭，怒吼着："停下！停下！"便挥舞着电鞭冲了过去。人群立即散开，等她走过去，人群又飞快地在她身后合拢。

我忽然从战场中闻到一种诡异的味道，扭过头，见吉布森得意而诡异地笑着。那刹那，我明白了，我想大声喊：若博妈妈快回来，他们要杀死你！可是，想起我对大伙儿的承诺，想想妈妈的残忍，我把这句话咽回肚里。

那边，乔治忽然吹响尖厉的口哨，后边合围的人群轰然一声，向若博妈妈拥去。前边的人群应声闪开，露出后面的湖面。若博停脚不及，被人群推到湖中，"扑通"一声，水花四溅，她的钢铁身体很快沉入清澈的水中。

我走过去，扒开人群，乔治、索朗他们正充满戒备地望着湖底，看见我，默默地让开了。我看见若博妈妈躺在水底，一道道小火花在身上闪烁，眼睛惊异地睁着，一动也不动。我闷声说："你们为什么不等我的通知？——不过，不说这些了。"

乔治冷冷地问："你劝动她了吗？"我摇摇头，乔治冷笑道，"我没有等你，我早料到结果啦。"

在很长时间里，我们就这么呆呆地望着湖底，体味着如释重负的感觉——当然也有隐约的负罪感。索朗问我："你学会全部控制了吗？"我点点头，"好，再也不用出去受苦了！"

吉布森问:"现在该咋办?我看得选一个头人。"

索朗、萨布里和良子都同声说:"英子姐!英子姐是咱们的头人。"但恰恰和吉布森反驳道:"选乔治!乔治领咱们除掉了若博。"

乔治两眼灼灼地望着我,看来他想当首领。我疲倦地说:"选乔治当头人吧,我累了,早就觉得这副担子太重了。"

乔治一点儿没推辞:"好,以后干什么我都会和英子姐商量的。英子姐,明天的生存实验取消,行吗?"

"好吧。"

"现在请你去制造今天的玛纳,好吗?"

"好的。"

"从今天起每人每天做两个,好吗?"

我没有回答。让伙伴每天多吃一个玛纳,这算不了什么,但我本能地感到这中间有某种东西——乔治正用这种办法树立自己的威信。不过,我不必回答了,因为水里忽然"呼啦"一声,若博妈妈满面怒容地立了起来,体内噼噼啪啪响着火花,动作也不稳,但她还是轻而易举地跨到乔治面前,卡住他的喉咙,把他举了起来。孩子们都吓傻了,索朗、恰恰几个人扑过去想救乔治,若博电鞭一挥,几个人全倒在地上抽搐着。乔治抱住妈妈的手臂,用力踢蹬着,脸色越来越紫,眼珠开始暴突出来。我没有犹豫,疾步跑过去扯住妈妈的手臂,悲切地喊:"若博妈妈!"

妈妈看看我,怒容慢慢消融,眼睛里有说不清道不明的东西。最终,她痛苦地叹息一声,把乔治扔到地上。乔治用手护着喉咙,剧烈地咳嗽着，脸色渐渐复原。索朗几个爬起来，蓄势以待，又惧又怒地瞪着妈妈。妈妈悲怆地呆立着，身上的水在脚下汪成一摊。然后，她头也不回地走出人群，向控制室方向走去。走前，她冰冷地说："小英子过来。"

乔治他们疑虑地看着我，我知道，我们之间的信任已经有裂痕了。我该怎么办？在势如水火的妈妈和乔治他们之间，我该怎么办？我想了想，走到乔治身边，轻轻抚摸他受伤的喉咙，低声说："相信我，等我回来。好吗？"

乔治的喉咙还没办法讲话，他咳着，向我点点头。

我紧赶几步，扶住行走不稳的若博妈妈。我无法排解内疚，因为我也是谋害她的同谋犯，但我又觉得，乔治对她的反抗是正当的。妈妈的身体越来越重，进了控制室，她马上顺墙溜了下去，坐在地上。她摇摇手指，示意我关上门，让我坐在她旁边。

我不敢直视她。我怕她追问：你事先知道他们的密谋，对吗？你这两天来学习控制室的操作，就是在为杀死我做准备，对吗？但若博妈妈什么也没问，喘息一会儿，平静地说："我的职责到头了。"

"我的职责到头了。"她重复着，"现在我要对你交代一些后事，你要一件件记清。"

我言不由衷地安慰她："你不会死，你很快会好的。"

她怒冲冲地说："不要说闲话！听好，我要交代了。你要记住，记牢，三十年、五十年都不能忘记。"

我用力点头，虽然心里免不了疑惑。妈妈开始说："第一件事，这里确实不是地球。"

虽然这正是我的猜想，但乍一听到她的确认，我仍然十分震惊："不是地球？这儿是什么地方？"

"不知道。我每天都在看星图，想利用资料库中的天文资料确认所处的星系。但是不行，这儿与资料库中任何星系都对不上号。所以，这个星球离地球一定很远很远。它的环境倒是与地球很接近的，公转、自转、卫星、大气、绿色植物……这种机遇非常难得。我估计，它与地球至少相距一亿光年之上。"

我无法想象一亿光年是多么巨大的数字，但我知道那一定非常远非常远，地球的父母们永远不会来看我们了。此前，虽然他们从未露面，但一直是我们的心理依靠，若博妈妈的这番话把这点希望彻底割断了。

"第二件事，我一直扮演着全知全晓的妈妈，其实我也什么都不知道。我几乎和你们同时醒来，醒来时，六十三个孩子躺在天房里，每人身上挂着名字和出生时刻。我不知道你们和我自己是从哪里来的，是谁送来的，我只能按信息库的内容去猜测。信息库是以地球为模版建立的，设定时间是公元 1990 年 4 月 1 日。我的设定任务是照顾你们，让你们在一代人的时间中通过生存实验，在这个星球生存繁衍。这些年，我一直在履行这项设定的任务。"

我悲哀地看着她，第二个心理依靠又被无情地割断了。原来，我心目中全知全晓的妈妈只是一个低级机器人，知识和功能都很有限。我阴郁地问："是地球上的父母把我们抛弃到这儿？"

　　她摇摇头："不大像。在我的资料库中，地球还不能制造跨星系飞船，不能跨越这么远的宇宙空间。很可能是……"

　　"是谁？"

　　若博妈妈改变了主意："不知道，你们自己慢慢猜测吧。"

　　我的心越来越凉，血液结成冰，冰在咔嚓咔嚓地碎裂。我们是一群无根的孩子，父母可能在一亿光年外，甚至可能已经灭绝。现在，只有五十八个十岁的孩子被孤零零地扔在一个不知名的行星上，照顾他们的是一个什么都不知道的机器人妈妈——连她也可能活不长了。这些事实太可怕了，就像是一座慢慢向你倒过来的大山，很慢很慢——可是你又逃不掉。

　　我哭着喊："妈妈你不要说了，妈妈你不会死的！"

　　她厉声说："听着！我还没有说完。知道为什么逼你们到天房外面去吗？不久前，我检查系统时发现，天房的能量马上就要枯竭了，只能维持不到十天了。为什么——我不知道。资料库中设定的天房运转年限是六十年，那样，我可以用一生的时间来训练你们，逐步熟悉外边。可是……我真的不知道为什么会这样！"她沉痛地说，"这些天我一直在尽力检查，但找不到原因。你知道，我只是一个粗通各种操作的保姆。"

　　我悲伤地看着妈妈，原来妈妈的残忍是为了我们啊。事态这样紧急，她知道只有彻底斩断后路，我们才能没有依恋地向前走。妈妈，我们错怪你了，你为什么不早点告诉我们呢。我握着妈妈冰凉的手，泪水汹涌地流着。

妈妈平静地说："我的职责已经到头了，本来还能让你们再回来休整一次，再给你们做三天的玛纳。现在……天房内的运转很快就要关闭，小英子，忘掉这儿，领着他们出去闯吧。"

"妈妈，我们要和你在一起！……我们带你一块儿出去！"

妈妈苦笑着："不行，妈妈吃的是电能，在这个蛮荒星球上找不到电能……去吧，这些年我一直在观察你，你心眼儿好，有威信，会成为一个好头人，只是，在必要时也得使出霹雳手段。把我的电鞭拿去吧。"

她解下电鞭交给我。我知道已没有退路，啜泣着接过电鞭，缠在腰间。若博妈妈满意地闭上眼。过一会儿，她睁开眼说："还有几句话也要记住，作为部落必须遵守的戒律吧。"

"我一定记住，说吧。"

"不要忘了我教你们的算术和文字。找一个人，把部落里该记的事随时记下来。"她补充道，"天房里还有不少纸笔，够你们使用三五十年了。至于以后……你们再想办法吧。"

"我记住了。"

"等你们到十五岁就要生孩子，多生孩子。"

我迟疑着问："若博妈妈，怎样才能生孩子？就在昨天乔治吻了我，吻时我感到身体内有一种非常奇妙的感觉。这样就能把孩子生下来吗？"

"不，吻一吻不会怀孕。至于怎样才能生孩子，再过两年你们自然会知道的。好了，该说的话我说完了。我独自工作十年，累了。你走吧。"

我含泪退了出去，若博妈妈忽然睁开眼，补充一句："电鞭的能量是有限的，所以——每天拎着，但不要轻易使用。"

她又闭上了眼。

我退出控制室，怒火在胸中燃烧。若博妈妈说不要轻易使用电鞭，但我今天要大开杀戒。伙伴们都聚在控制室周围，茫然地等待着。他们不知道若博妈妈会怎样惩罚他们，不知道他们的英子姐会站在哪一边。当他们看到我手中的电鞭时，目光似乎同时变暗了。我走到人群前，恶狠狠地吼道："凡领头参与今天密谋的，给我站出来！"

回应我的只有惊慌和沉默。少顷，乔治、索朗、恰恰和吉布森勇敢地走出来，脸上挂着冷笑，挂着蔑视。剩下的人提心吊胆地看着电鞭，但他们分明是站在乔治一边的。我没有解释，对索朗、恰恰和吉布森每人抽了一鞭，他们倒在地上，痛苦地抽搐着，但没有求饶。我拎着电鞭向乔治走来，此刻，乔治目光中的恶毒和仇恨是那样炽烈，似乎一个火星就能点着。我闷声不响地扬起鞭子，一鞭，两鞭，三鞭……五鞭。乔治在地上打滚，抽搐，喉咙里发出非人的声音。伙伴们都闭上眼，不敢看他的惨象。

我住手了，喊："大川良子，过来！"良子惊慌地走出队列，我把电鞭交给她，命令道："抽我！也是五鞭！"

"不，不……"良子摆着手，惊慌地后退。我厉声说："快！"

我的面容一定非常可怕，良子不敢违抗，胆怯地接过电鞭。我永远忘不了电鞭触身时的痛苦，浑身的筋脉都皱成一团，千万根钢针扎着肌肉和骨髓。良子恐惧地瞪大眼睛，不敢再抽，我咬着牙喊："快抽！这是我应得的，谁让我们谋害若博妈妈呢。"

五鞭抽完了。娜塔莎和良子哭着把我扶起来。乔治他们也都坐起来，目光中不再是仇恨，而是迷惑和胆怯。我叹了口气，放柔声音，悲愤地说："都过来吧，都过来，我把若博妈妈告诉我的话全都转告你们。我们都是瞎眼的浑蛋！"

两小时后，我、乔治、索朗、萨布里和娜塔莎走进控制室，跪在若博妈妈面前，其他人跪在门外。若博妈妈闭着眼，一动也不动。我们轻声唤她，但她没一点儿反应。也许她不想再理我们，自己关闭了生命开关；也许她的身体已经因进水彻底损坏，失去生命。不管怎样，我还是附在她耳边轻声诉说："若博妈妈，我们都长大了，再也不会干让你痛心的事。我们已经商定马上离开这里，把这儿剩余的能量全留给你用。这样，也许你还能坚持几年。等能量全部耗尽后，请你睡吧，安心地睡吧。我们会常来看你，告诉你部落的情况。也许有一天我们会发现制造能量的办法，那时你将得到重生。妈妈，再见。"

若博妈妈没有动静。

我们最后一次向她行礼，悄悄退了出去。我留在最后，按若博妈妈教我的办法关闭了天房所有的能源。两个小时后，我们赶到密封门处，用人力打开门。等五十八个人都走出来，又用人力把它复原。其实这没有什么用处，天房的生态封闭循环关闭后，要不了多久，里面的节节草、地皮松、白条儿鱼和小老鼠都会死亡，这儿会成为一个豪华安静的坟墓。

我们留恋地望着我们的天房。正是傍晚，红太阳和红月亮在天上相会，共同照射着晶莹透明的房顶，使它充盈着温馨的金红。我们要离开了，但我们知道，它永远是我们心里的家。

我带着伙伴复诵若博妈妈留下的训诫：

"永远不要丢失匕首和火镰。"

"永远不要丢失匕首和火镰。"

"永远记住算术的方法和记载历史的文字。"

"永远记住算术的方法和记载历史的文字。"

"多生孩子。"

"多生孩子。"

第四条是我加的："每人一生中回天房一次，朝拜若博妈妈。"

"每人一生中回天房一次，朝拜若博妈妈。"

我走近乔治，微笑道："算术和文字的事就托付给你啦。"乔治背着一捆纸张和笔，坚定地说："我会尽责，并把这个责任一代代地传下去。"

　　我亲了亲他："等咱们够十五岁时，我要和你生下部落的第一个孩子。"又对索朗说，"和你生下第二个。你们还有要说的吗？"

　　"没有了。我们听你的吩咐，尊敬的头人。"

　　"那好，出发吧。"

　　我们一行人向密林走去，向不可知的未来走去，把若博妈妈一个人留在寂静的天房里。